W0334163

Des Tournesols dans la baignoire

Bénédicte Chrétien

Des Tournesols dans la baignoire

Nouvelles

Michel Lafon

*Tous droits de traduction, d'adaptation
et de reproduction réservés pour tous pays.*

© Éditions Michel Lafon, 2007
7-13, boulevard Paul-Émile Victor – Ile de la Jatte
92521 Neuilly-sur-Seine Cedex
www.michel-lafon.com

Pour Pauline et Alexandre.
Pour Joséphine et Clélie.

Le rêve est un habit tissé par les fées,
et d'une merveilleuse odeur...

Gérard de Nerval

Clochette

J'ai été conçue un jour de neige à Manhattan. Ambiance cotonneuse et blanche comme le désordre mental qui devait régner chez maman et mon géniteur. J'emploie le mot géniteur car en réalité maman dite « Blue Angel », égérie warholienne de la période Factory Velvet, n'avait passé pour cela que cinq minutes dans un placard à balais. J'en ai gardé deux traits de caractère : une affection particulière pour le nettoyage et une aversion particulière pour les choses de l'amour.

Maman, afin de me préserver, m'a toujours raconté une version plus romanesque et poétique de ma conception.

Quoi qu'il en soit, le lendemain de cette journée fatale, maman affirma qu'il était temps de changer de vie. Elle prit pour époux l'homme le plus présentable de son entourage, un courtier en assurances triste, attentionné et à l'humeur constante. Elle le suivait dans tous ses déplacements. La pointe de son ventre ressemblait de plus en plus au mont Blanc. Le couple détonnait : lui, en costume noir, ancré dans la réalité, ne souriait jamais et portait sa morne existence. Elle, divine, dans ses robes de hippie arc-en-ciel, ressemblait à la Peau d'Âne de mes rêves.

Alors qu'elle était sur le point de me mettre au monde, elle décida de partir, refusant d'offrir à sa « petite merveille », c'est-à-dire moi, un environnement gris et plat.

Elle s'installa à Mendocino, une ville de la côte ouest des États-Unis où fleurissaient artistes et top models en panne de vraie famille.

À peine eut-elle pointé le pied dans son appartement de location que les contractions commencèrent. Prise au dépourvu, elle appela au secours le fleuriste de la boutique d'en dessous et le mannequin de l'appartement d'en face.

Je naquis un jour de grand soleil, de chaleur intense, dans la joie et l'allégresse. Albert, le fleuriste, avait inventé un nouveau concept d'accouchement sans douleur : maman me fit découvrir le monde dans une baignoire remplie de tournesols jaunes où, shootée par l'ambiance, elle vécut mon arrivée comme une extase amoureuse. Dans le même instant, Raphaëlle, le mannequin, la voix mélodieuse et le visage incandescent, lui chantait doucement les Rolling Stones.

Je fus baptisée dans l'instant selon le rite local, flanquée d'Albert et de Raphaëlle comme parrain et marraine. Ils me nommèrent Clochette à cause de la fée. Je n'ai jamais su dire si cet instant d'inspiration était une bonne ou une mauvaise idée, mais ce fut mon prénom. Ils décidèrent alors de m'attribuer des dons : maman décréta que j'aurais une sensibilité et une clairvoyance extrêmes. Elles me permettraient de tout voir, tout ressentir, tout deviner, avantage fulgurant dans une trajectoire difficile. Albert me transmit le don de la musique de façon si inouïe que je composai ma première œuvre à l'âge de sept ans. Et surtout, je pus donner à ma vie une musicalité constante. Enfin, Raphaëlle, ange parmi les anges dans ma petite existence, me rêva si fort en beauté sublime tout droit sortie d'un tableau de Gustav Klimt qu'effectivement je naquis belle et le restai.

Je grandis donc au gré du vent, des salades de maïs et du beurre de cacahuètes. Maman, toujours excessive, décida de me transformer en vraie poupée made in USA. Elle avait lu dans *Comment nourrir son enfant en dix recettes* que ce régime alimentaire coloré maximisait les défenses immunitaires. Aujourd'hui, la simple vue du jaune me met si mal à l'aise que je refuse de le porter, de le toucher, ou même de le regarder.

Jusqu'à mes trois ans, je suivis tel un petit chien mes trois maîtres à penser : Albert, Raphaëlle et maman. Albert était devenu le gourou des accouchements de la côte ouest des États-Unis. Selon la fleur choisie, il attribuait telle vertu à tel bébé. Le coquelicot donnait la force physique, l'orchidée le goût de l'intensité, la pâquerette un brin de légèreté et la rose rouge le sens sucré-salé de la passion. Malin comme un vieux singe, Albert, afin de multiplier son rendement paquet de conneries-paquet de dollars, ajouta un soupçon de spiritualité à tout cela. Il déclarait, un fou rire prêt à éclater au coin des yeux, que selon l'odeur de la fleur chaque nourrisson arrivait sur Terre avec une auréole translucide que lui seul pouvait déceler.

Bien entendu, les parents, atteints de narcissisme aigu, mettaient sur la table un sac de billets verts pour entendre les prédictions d'Albert. Mon parrain m'apprit plus tard le principe suivant que je n'oublierais jamais : plus la version est flatteuse, plus les parents en quête d'unicité pour leur progéniture lâchent Washington sur Washington. Raphaëlle, ma marraine, au sommet de sa beauté et de sa gloire de top model, mettait tous les hommes dans un état proche du coma extatique. Elle s'en amusait. Elle en jouait. Parfois, frôlant la féminité exaspérante, elle se plaignait de tant de facilité. N'ayant jamais été aimée par son propre père, elle cherchait désespérément dans le regard des autres un reflet positif d'elle-même. C'est cette part de fêlure qui la rendait si attachante à mes yeux. À chaque instant, elle était sur la brèche, prête à sombrer... Et pourtant, son regard brillait d'un tel éclat qu'il soumettait quiconque.

Un jour, je vis même dans son appartement un célèbre banquier d'affaires de Wall Street nu comme un ver et à quatre pattes, essayant d'imiter le cri du paon, dernière exigence de Raphaëlle. Ou bien encore un autre de ses amants récupérer à la mairie son passeport recouvert de marshmallows que Raphaëlle avait fait fondre sur sa peau. J'avais aperçu ce pauvre type, héritier d'un empire agroalimentaire, tout de rose vêtu, collant au mur, à la fois pathétique et drôle.

Enfin il y avait maman, ma maman, mon héroïne, mon amour.

Mon héroïne, oui, comme la substance illicite. Maman était quelqu'un de rare.

Elle était border line, parfois hors la vie, et pouvait en souffrir terriblement. Elle me disait : « Les autres sont mon enfer, et moi leur paradis. » J'étais sans cesse collée à ses grandes jambes osseuses. La perception, même lointaine, de sa longue silhouette me donnait les larmes aux yeux. Elle traînait toujours ses vieux jeans, mais elle savait les assortir avec flamboyance. Lorsqu'elle mettait sa veste de smoking noire Saint Laurent période Monsieur Saint Laurent avec ses mules aux talons vertigineux, la regarder bouger me transportait au septième ciel.

Oh oui, de ma naissance à mes cinq ans, je me suis shootée à maman. Son intelligence était lumineuse, elle savait d'ailleurs l'utiliser comme un flingue en tirant toujours au bon moment. Elle m'affirmait dans un éclat de rire : « Mon amour, avec les hommes, tu dois souvent avoir l'air d'une conne, surtout si tu es belle. Il faut leur donner l'illusion qu'ils dominent le jeu amoureux. »

C'est vrai qu'elle pouvait leur faire peur, si bien qu'elle était souvent seule mais au fond heureuse, car libre comme l'éther.

Elle me prenait sur ses genoux. Je pouvais mélanger mes cheveux à ses mèches brunes qui lui mangeaient le visage. Mon nez reniflait son cou. Elle sentait l'Heure Bleue. Ce nom magique me faisait planer. Elle m'avait expliqué, je n'ai jamais su si c'était vrai, que cette heure était au fond comme l'absence de temps. Une sorte d'entre-deux, comme l'aube ou le crépuscule. On ressent l'illusion d'un monde qui nous appartient et où tout est possible. Dans mon esprit de petite fille, j'essayais de m'imaginer un morceau de temps teinté de bleu. Je crois qu'en plissant fort mes yeux, ces heures-là étaient celles passées à ses côtés. Puis elle me berçait en m'enroulant dans ses bras fins. Ses iris bleus plantés dans les miens me caressaient du regard. À cet instant, je m'envolais dans les paradis perdus. La couleur de ses yeux changeait au gré de ses émotions. Dans ses moments terribles de souffrance intérieure, ils viraient au sombre. Quand son âme était pure, ce qui était souvent le cas, ils devenaient translucides. Un de ses anciens amants m'a même dit qu'ils pouvaient tourner au vert clair après un amour extatique. Tandis que les mamans fredonnent des berceuses, elle, unique, me récitait des poèmes de Gérard de Nerval. Elle pouvait aussi m'inventer une version chantée et rock 'n' roll des *Filles du feu* où Angélique se transformait en princesse pop. Elle me disait : « Si tu maîtrises le verbe, si tu aimes les mots de façon quasi charnelle, alors le monde t'appartient. » J'ai compris plus tard que l'art de la rhétorique était la manipulation la plus efficace. Maman avait raison.

Plus le temps passait, plus elle s'isolait. Elle se marginalisait et moi avec. Enfin elle me dit un jour, à l'approche de mes cinq ans : « Ma chérie, il faut que tu grandisses dans un environnement de stabilité. Aussi, nous allons vivre chez mon papa, ton grand-père. » Il habitait dans un manoir en Normandie. À Trouville, précisément. Juste avant, elle me déclara avec son air malicieux et cajoleur de petite fille : « Nous partirons là-bas après ton cinquième anniversaire car je te prépare une surprise magnifique. »

Mes cinq ans. Jamais anniversaire ne fut si tendre et si triste à la fois. Maman me fit parcourir le monde en trois semaines : elle avait décrété de son ton autoritaire et inimitable qu'il fallait à mon âge faire un parcours initiatique pour accéder à la beauté et au grotesque de l'art.

La première destination fut New York où maman, dans un acte de provocation extrême, m'emmena déposer des fleurs et un cierge devant le placard à balais où j'avais été engendrée par un papa fantôme. Elle éclata de rire pour déclarer : « Comment peut-on faire une aussi belle princesse Clochette dans un endroit aussi sordide ? » Et elle m'expliqua que le goût de la vie venait justement de ces paradoxes.

En contemplant *La Chèvre* de Picasso dans la cour extérieure du MoMA, elle m'enseigna toute la sensualité d'une sculpture ; je la voyais danser autour de cette chèvre telle une sorcière vaudoue ondulante. Sa main caressante ne pouvait quitter la courbe bronze de l'animal : ce n'était ni beau ni laid. C'était simplement Picasso.

Puis elle commanda un « afternoon tea » à l'hôtel Pierre. Ce fut un moment enchanteur. De temps en temps, maman déclarait que, pendant trente minutes, j'avais droit à toutes les folies. Elle devait donc se soumettre à toutes mes exigences les plus excentriques. C'était un jeu magnifique. Cette fois, je commandai au maître d'hôtel, tentant d'imiter le ton altier et distant de maman : « Cinq coupes de Cristal Roederer, une glace au chocolat géante avec des pépites qui font "scratch" dans la bouche, un thé à la rose d'Ispahan, une montagne de scones, des penne à la truffe blanche, et enfin de la confiture à la cervelle de lutin. »

Maman dévisagea le maître d'hôtel afin que celui-ci comprenne que cette demande enfantine ne tolérait aucune déception. Il sourit avec douceur et répondit poliment : « Bien, Mademoiselle, souhaitez-vous que le lutin soit un lutin des bois ou un lutin des villes ? » Reconnaissante, je souris de mille dents.

Le soir même, départ pour Madrid et le Prado. Pèlerinage devant le *Jardin des délices*. Maman m'expliqua avec violence le réalisme de Jérôme Bosch. Pour elle, c'était comme la vie : sans mensonge, et fatal. Elle m'entraîna Plaza Mayor boire un chocolat aussi épais qu'une soupe de potiron, où je trempai avec mes doigts de gros churros au sucre vanillé.

Décidément, j'aimais bien mes cinq ans.

Après Madrid, Paris. Maman souhaitait me montrer la musculature nerveuse d'une jambe d'homme sculptée par Rodin. La nuit était claire. Elle avait réservé une suite au Raphaël, non pas pour y dormir, mais pour m'emmener sur la terrasse contempler les étoiles.

Départ pour Genève. Maman détestait cette ville de faux riches et de nouveaux riches. Comme elle le disait : « Ils sont tous en toc massif ! » L'unique intérêt du lieu était de me faire découvrir l'œuvre de Balthus. Comme tous les êtres d'une pureté inouïe que rien ne peut salir, elle était fascinée par le trouble, l'ambivalence et, d'une certaine façon, la perversité. Elle me parla de la compatibilité des deux concepts, l'exemple qu'elle donnait était le Lorenzaccio de Musset. Celui-ci, trop pur pour un monde trop sale, était devenu *addict* du sordide. Son extrême lucidité le condamnait au désespoir.

Enfin, ultime étape, Florence. Maman me révéla avec émotion la grâce parfaite d'une Madone de Bellini. L'Italie était pour elle la contrée d'exception. J'ai su plus tard qu'elle y avait vécu son grand amour. Sa faiblesse pour les *latin lovers* bruns et enveloppants était omniprésente. Il était temps de repartir. Ou bien on restait là pour toujours.

Les deux silhouettes féminines et longilignes se trouvaient devant un manoir gigantesque perché sur une falaise normande. Elles regardaient la grande porte d'entrée puis s'observaient avec intensité. La petite dit à la grande : « Viens, maman, rentrons ensemble. » Pas de réponse. Au loin, un vieux monsieur avançait. Son visage apparaissait avec de plus en plus de netteté. Il était aigu, sans rondeur apparente. L'austérité de son âme lui rongeait les os. Et pourtant son regard était lumineux. Gris. Un peu délavé par le vent de la mer. Son pas traînant progressait dans l'allée. La petite fille comprit soudain. Elle se retourna dans un silence figé. Elle vit sa drogue douce marcher à pas de chat dans l'autre sens. Abandonnée, délaissée, crucifiée…

Cet instant détermina l'ensemble de sa vie. Plus tard, elle pardonnerait.

Elle regardait sa maman au loin, de plus en plus petite.

Déchirée, dévastée, anéantie…

Clochette ne savait pas : elle hurlait de désespoir, mais aucun son ne sortait. Elle voulait s'élancer vers sa maman, mais son petit corps était paralysé. Ses membres glacés, brûlés, irradiés. Hiroshima, sans mon amour.

C'était la dernière fois qu'elle voyait sa hippie de luxe. À son bras droit, son inséparable sac Kelly rouge Hermès rempli de mille et un secrets de femme fatale. À sa gauche, ses deux paniers multicolores, achetés au marché de Gordes à l'époque où le Luberon était encore un pays libre. Elle essaya de capter pour une dernière fois son odeur douce et suave.

À cet instant, Clochette devint muette pour plusieurs années. Longtemps elle préférerait le silence. Aucun mot n'aurait été suffisamment intense pour pouvoir décrire l'horreur de cette cassure. Elle développa une forme d'autisme tardif qui la coupa du monde réel. Ce n'était pas cette terrible maladie que l'on détecte à la naissance. C'était le choix volontaire d'une petite fille : cet enfermement était sa décision. Aucun mot jusqu'à l'âge de dix ans. Tous ses sens, sursollicités, se développèrent de façon extraordinaire. Notamment l'ouïe et la vue. À sa naissance, sa maman lui avait déjà attribué le don de tout comprendre d'instinct. Mais cet épisode de sa vie renforça ce pouvoir. Clochette pouvait désormais tout ressentir et tout comprendre. Elle devinait les situations les plus délicates. Elle percevait les mobiles les plus sordides.

Elle savait la vie. Rien n'était impalpable. Son radar la protégeait de tout. Elle en fit avec froideur une arme, un outil. Elle décryptait n'importe quelle émotion chez l'autre. C'était aussi comme si ce don particulier avait anesthésié son cœur. Face à un grand choc, la seule survie est de ne rien ressentir.

Malgré son désespoir, consciente de cet atout, elle résolut de rebondir avec une énergie de survie incroyable. Elle se dit même, haute comme cinq pommes, qu'avec ce talent-là elle pouvait devenir soit « Serial Killeuse », soit « Business Woman », ce qui au fond était un peu le même job. L'action calculée, sans état d'âme, rigoureuse et efficace. Ce jour-là, elle se retourna vers son grand-père : de petite fille, elle était devenue une grande personne.

Elle contemplait cet homme. Elle l'aima sur-le-champ et totalement. Elle pressentait aisément sous cette écorce rugueuse un puits sans fond de douceur et de sensibilité. Il lui chuchota d'une voix très tendre : « Tu sais, j'ai réussi à élever ta maman seul. Certes, pas parfaitement. Mais, moi, je l'ai toujours trouvée très réussie. Alors, toi et moi, on va y arriver. » Elle sourit, ce qui supposait qu'elle acquiesçait.

La maison se révéla un sublime terrain de jeux. Elle aimait se nicher dans les coins et les recoins. C'était un grand manoir nommé Les Vents bleus. Grand-père aimait lui en raconter l'histoire et elle faisait toujours mine de la découvrir pour la première fois. Il y a un siècle, un vieil homme solitaire résidait dans cette demeure. Il n'avait jamais connu d'amour autre que celui de son chien Hector. Puis un matin un vent du nord, bleu, glacial, lui apporta d'un souffle une créature sublime dont il devint fou. Peut-être s'agissait-il là de la première passion virtuelle et au fond irréelle. Peu importe. Cette légende plaisait beaucoup à Clochette.

Grand-père était habité d'une créativité extraordinaire. Il décida qu'ils allaient ensemble redécorer sa maison, qui, il est vrai, ressemblait plus à une vieille fille qu'à une dévergondée déjantée. Clochette eut presque les pleins pouvoirs, ce qui, cela va sans dire, glissa bien vite vers l'abus de pouvoir.

Elle se découvrit bientôt autoritaire, voire tyrannique avec Marie, sa gouvernante, Gilles le cuisinier et Jérémie le jardinier. Le relookage commença par le jardin : elle voulait une roseraie blanche, un labyrinthe de buis et des saules pleureurs. Elle abusait de son grand-père et de tout son petit monde. Ils ne voulaient surtout pas contrarier une petite fille muette, abandonnée par sa maman. Et cela, elle l'avait bien compris. Alors elle se disait que cela méritait quelques caprices.

Après le jardin, la maison. Elle sillonna avec grand-père tous les antiquaires et brocanteurs de la région à la recherche de l'insolite. Dès que l'histoire d'un meuble ou d'un bibelot révélait du loufoque ou du tendre, elle souhaitait le posséder. Comme elle était toujours muette, elle regardait son grand-père avec insistance en hochant la tête. C'était le signal de l'achat compulsif. Elle lui écrivit un jour sur un papier : « Tu sais, une jolie maison est une maison qui se raconte... »

Ensuite, Marie l'accompagna chez les décorateurs en vogue de la côte normande. Le soyeux d'un tissu la mettait dans un état d'euphorie. Elle désirait une maison rouge et or. Pour la première fois, grand-père lui dit non, sentant que Les Vents bleus, avec de telles couleurs, pouvaient virer au lupanar géant. Il lui expliqua à cette occasion les différences entre une vieille fille, une fille facile et une jeune femme à la féminité contrôlée.

Les couleurs choisies furent donc le beige et le blanc.

Enfin, elle attaqua la cuisine avec un grand C. Gilles avait fait ses classes dans des restaurants où le client finissait obèse, avec un infarctus et un pied à l'hôpital. C'était crème fraîche, beurre et compagnie. Ayant lu dans un *Elle* dérobé à Marie que la cuisine tendance était la « world-food » diététique, Clochette imposa à toute la maison le régime poisson cru-carpaccio. Seule une exception était tolérée : le dimanche midi, elle faisait venir exprès de Paris un millefeuille géant. Pour un peu, elle aurait presque parlé. La vie était belle. Elle le resta jusqu'à la première rentrée, en CP.

Grand-père m'accompagna à la petite école de la ville. Je serrais si fort ses grandes mains que je devais le griffer. J'avais baigné jusqu'à mes six ans dans un monde peu conventionnel et très libre. Maman considérait que l'école n'était pas une nécessité car « on apprend la vie en la vivant émotionnellement et non en l'étudiant dogmatiquement ». Même si grand-père partageait cette idée, il trouvait que sa « belle sauvageonne » devait faire ses premiers pas dans la sociabilité.

La maîtresse d'école, mademoiselle Pinchart, me déplut instantanément. Elle était laide. Or j'avais une intolérance à la laideur. Être entourée de belles personnes m'apaisait. Le contraire faisait resurgir mes démons de petite fille : l'abandon, la peur, le désarroi étaient des monstres hideux.

Tandis que mademoiselle Pinchart me scrutait, grand-père me lança un sourire encourageant où je lisais : « Ma chérie, c'est difficile, je comprends, mais la laideur fait aussi partie de ce monde et tu dois en apprendre le sens. » J'étais maigrichonne et je flottais dans ma robe de coton fleuri. Je regardai mes pieds. La silhouette de grand-père s'éloigna, me laissant seule...

L'école était charmante. Ses murs couverts de vigne vierge. Deux petites filles me fixaient des yeux. La première, Zoé, avait l'air rigolard du cancre de la classe. Elle était ravissante, légère et apparemment frivole. Pas la frivolité subie due à l'absence d'intelligence. Celle que l'on choisit pour ne pas trop souffrir. Ses billes bleues lui dévoraient le visage. Ses boucles brunes sautillaient, mutines. Je l'aimai déjà, oui, beaucoup. Sœur d'une vie. La deuxième se prénommait

Clélie. C'était l'inverse de Zoé. Elle avait une beauté grave, un peu triste, une mélancolie qui désarmait. Elle était le fruit d'une histoire familiale compliquée. Je ressentais sa souffrance et elle ressentait la mienne. Son regard voilé laissait deviner la future femme troublante de sensualité. Les mots n'avaient pas besoin d'être prononcés pour que nous nous sachions d'instinct.

Finalement, c'était chouette l'école.

À la fin de cette première journée, grand-père vint me chercher alors que je tenais par la main mes deux amies. J'avais compris l'importance de l'amitié. J'étais heureuse. Grand-père le ressentit, ému.

Il savait, même s'il me fallait du temps, que je reparlerais. Mademoiselle Pinchart, sûre d'elle et victorieuse, lui expliqua quelle sorte de petite fille j'étais et comment il fallait m'éduquer. Grand-père lui répondit avec ironie : « Mademoiselle, vous avez tout compris. Vous devez être dotée d'une intuition magnifique pour arriver à des conclusions aussi arrêtées, nettes et précises. »

Je partis à la maison dans ses bras, le regardant avec l'air entendu d'un vieux complice.

Grand-père, un homme fin et raffiné. Très sensible. Trop sensible.

Grand-père était né avec la poésie dans l'âme et la musique dans le cœur. Élevé par un père militaire, il n'avait eu d'autre choix que de devenir général. Quand il faisait les choses, il les faisait bien. Sa vie était marquée par cette ambivalence. D'un côté la raison, le sens moral et l'austérité. De l'autre la passion, l'art et l'excentricité. Doux mélange, amer et sucré à la fois. C'était bien. Une intelligence rigoureuse et un inconscient fantasque. L'un pour maîtriser l'autre. L'autre pour affoler l'un. Il avait arrêté son métier à quarante-cinq ans, à la naissance de sa fille. Maman était devenue son unique préoccupation. Il avait vécu une passion brûlante avec une femme neutre ; il voulait s'achever en tant qu'homme, vibrer lui aussi de sentiments extrêmes. C'était réussi. Très vite, la femme comprit qu'elle était aimée pour de mauvaises raisons. Elle partit, laissant en cadeau à mon grand-père une sublime petite fille. Je crois que maman fut en réalité sa vraie passion. La seule. L'unique.

Quand maman disparut pour vivre sa vie, grand-père connut quelques mois de profond désarroi.

Puis son goût pour les beaux-arts le fit frémir sans qu'il le réalise lui-même. Il se lança même dans l'écriture de contes pour enfants. Il se disait qu'un jour il serait entouré de sa tribu au coin du feu, à raconter ses belles histoires à une ribambelle de petits êtres joyeux. Il tenta de faire de ses récits un film. Ce fut un échec. Néanmoins, grâce à cette expérience, il rencontra une comédienne connue de quelques initiés, habitués du cinéma d'art et d'essai. Cette amitié intellectuelle se transforma en une complicité intense et platonique. Cette femme, qui s'appelait Brigitte, eut le mérite de le remettre sur pied. Avec sa permission, je la nommai grand-mère. Elle était gentille, sans condescendance. Une intelligence humaine hors du commun. J'appris d'elle la vertu des câlins et des caresses. Simplement la tendresse physique. Elle illuminait la maison de sa présence silencieuse. Elle croyait plus à l'expression du geste qu'à celle du mot. Elle m'enseigna aussi le Temps. À moi, que l'on appelait la tornade, tellement j'étais électrisée du matin au soir et du soir au matin. Le Temps qui passe. Le Temps qui file. Le Temps qui traîne. Quel agacement ! Quel soulagement !

Le piano. Ce Pleyel magique posé à l'angle du salon. Grand-père aimait s'y attarder en fin de journée. Le toucher des notes. L'odeur du bois marqueté. Ses doigts longs et fins. Et pourtant masculins.

Un jour, je me recroquevillai dans le canapé pour l'observer et j'écoutai, subjuguée, les *Gymnopédies* de Satie. C'était grave, triste et mélancolique comme les choses de la vie. Ce qui permet de savourer l'extrême inverse. Mes pieds virevoltaient. J'étais habitée.

Puis, les *Polonaises* de Chopin. Un sourire électrique grimpait au coin de mes lèvres. J'imaginais ces femmes comme les plus sensuelles du monde. Du haut de mes huit ans, la féminité n'était pas encore subtile mais plutôt outrancière. Femmes trop fardées, voyantes, aguicheuses : voilà comment je me figurais les beautés slaves. Excessives. Ambiguës. Un brin garces. Comme les aiment les hommes juste pour une nuit. Pour la vie, c'est autre chose...

Parfois, le visage de grand-père devenait austère. Il attaquait des Suites de Bach. L'homme de rigueur se réveillait. Il devenait autre. Je n'existais plus. Rien ne pouvait l'arrêter tant qu'il n'atteignait pas la perfection. La perfection n'étant pas de ce monde, il terminait sa partition l'air malheureux et sombre.

Comme il connaissait par cœur la vie tumultueuse de tous ces musiciens, grand-père savait rapprocher chaque note d'un événement de vie. Je compris qu'il était grand temps que j'apprenne à jouer. Avec lui. Ce fut un maître d'une infinie patience. La musique allumait tous les sentiments de l'âme. Quelle richesse ! Avec ma sensibilité exacerbée, je me révélai milliardaire en gammes et en clés de sol. Il me disait que j'étais douée. J'avais surtout trouvé un mode d'expression qui ne passait pas par le mot. Je surexprimais les sons. Je les interprétais. Je les inventais. Trop pudique pour en parler, j'en fis mon jardin secret. Bien plus tard, mon premier salaire me permit d'acquérir un Pleyel. Il me suivit partout, comme un doudou, au gré de mes déplacements.

Le temps s'écoulait paisiblement. Le rythme régulier de ces journées me contentait. Je me construisais. Je me fortifiais. Je me structurais.

Mademoiselle Pinchart. Ce fut notre maîtresse d'école jusqu'à l'entrée en sixième.

Je me fis passer pour caractérielle. Elle le crut sans peine. Accompagnée de Zoé et de Clélie, je n'avais plus de limites dans l'interdit. Nous nous dépassions. Nous nous surpassions. Dans les bêtises. Zoé, qui pourtant paraissait la plus frondeuse, savait s'arrêter quand il y avait nécessité. Clélie, c'était une autre histoire. Comme souvent les grands timides, elle était déroutante d'audace. Une fois, elle écrivit à l'attention de mademoiselle Pinchart une lettre si exaltée d'amour que j'osai à peine la lire. Elle la signa du nom d'un père d'élève que nous détestions.

Le père, lourdingue, avec une grosse moustache. Le fils, dingue, lourd avec des certitudes d'enfant trop gâté.

À la lecture de ce billet, mademoiselle Pinchart, rougissante et pathétique, s'évanouit. Souhaitant la ranimer, je lui donnai une série de claques. À moitié perdue dans ses rêves, elle me répondait sur un ton sado-maso : « Oh oui, encore ! » Du haut de mes dix ans, je n'y comprenais rien. La scène ne manquait pas de cocasse. Quand le père en question vint chercher son fils à l'école, mademoiselle Pinchart, telle Wonder Woman dans son voyage-transformation, s'élança vers lui pour l'embrasser fougueusement. Avec rage. Je crois qu'elle lui arracha des poils de moustache. Nous nous tordîmes de rire.

Un autre jour encore, nous eûmes la magnifique idée de teindre en rouge toutes les tignasses de la classe. J'avais chipé à Marie, ma gouvernante, tous ses produits de coloration magique. Nous avions installé notre atelier de beauté dans les cuisines de l'école. C'était le défilé du 14 Juillet. Nous étions, Zoé, Clélie et moi, les trois généraux de cette armée. Quand la joyeuse bande débarqua dans la classe, mademoiselle Pinchart pensa être victime de visions. C'était précisément là qu'il y avait drôlerie. Comme nous étions tout à fait sages, à l'écoute de la moindre nouveauté grammaticale, elle ne comprenait pas. Elle se crut en proie à une hallucination : vingt-deux élèves aux cheveux rouges... Oui, comme les nains de son jardin. Elle se prit pour Blanche-Neige et resta quinze jours en arrêt maladie. Surmenage, nous dit le directeur. Peut-être étions-nous allées un peu loin.

Pour son retour, nous lui préparâmes donc une surprise. Avec la complicité de grand-père, je composai au piano une petite ode dédiée à ses talents de professeur. Zoé, telle Salomé, avait convaincu Clélie, non sans difficulté, de se lancer dans une danse des sept voiles afin d'accompagner ma musique. C'était kitsch à souhait.

Et mademoiselle Pinchart adora. Elle battit des mains. Je crois que nous avions réussi à la rendre à jamais excentrique. Bien plus tard, elle quitta ses élèves pour un chanteur de rock. Aux cheveux rouges.

Pour mes dix ans, j'obtins l'autorisation de grand-père d'organiser un anniversaire. J'en rêvais. Je décidai de n'inviter que des filles. Bien entendu, Clélie et Zoé en tête de liste. Puis, Ernestine. Elle avait le visage de son prénom. Un peu désuet, mais un charme fou. Marie, un petit démon déguisé en Sainte Vierge. Isabelle la capricieuse. C'étaient les petites filles que j'aimais.

Ensuite, il nous fallait trois boucs émissaires pour que la fête soit vraiment réussie. Aussi, un conciliabule fut réuni avec Clélie et Zoé : comme nous n'arrivions pas à nous mettre d'accord sur les pestes de la classe, grand-père tira au sort les trois nominées. Ce furent Annie, que nous appelions « sœur Camembert ». Son père avait une entreprise de fromagerie et elle sentait mauvais. « Lolita », fausse mini-femme vulgaire et sans grâce. Enfin, « Accordéon », dont la voix aiguë puis grave aurait fini par rendre nerveux un moine tibétain.

Quel spectacle : j'avais choisi une fête déguisée. Grand-père était désespéré de me voir déambuler en costume de Batman. Les autres petites filles redoublaient d'élégance. Les couleurs allaient du rose au parme. Les volants virevoltaient. Les ballerines légères. Étant le seul personnage masculin, je m'autoproclamai chef de bande.

J'adorai ce rôle. Je protégeais toutes ces petites princesses contre les méchants. Mes deux favorites, Clélie et Zoé, étaient les plus jolies. De très loin. Clélie, Peau d'Âne, était vêtue d'une robe couleur de lune. Zoé avait opté pour une robe rouge de courtisane.

Nous dansions sur les rythmes joués au piano par mon grand-père. Il était ravi de tant de gaieté.

Puis l'heure du gâteau arriva. J'avais marqué trois exigences auprès de Gilles. Que ce dessert soit gigantesque, au chocolat, recouvert d'un torrent de caramel. Nos mains collaient. Nos bouches toutes sucrées. Quel plaisir !

Assez vite, les trois chipies furent mises à l'écart. Les enfants sont méchants, cruels, et sans pitié. Je n'étais pas fière. Aussi, lors de la pêche à la ligne, je trichai, afin que nos trois boucs émissaires aient les plus jolis cadeaux. Et je fis une ronde avec elles pour les intégrer dans notre groupe. Finalement, elles étaient plutôt gentilles. Dignes d'être connues. Avoir dix ans, c'était ça !

Quand tout ce petit monde fut parti, je m'élançai vers grand-père pour l'embrasser.

Je lui offris un dessin : c'était l'histoire d'une petite fille inanimée, sans vie. À côté, un vieil homme très doux. Elle avait appris le rêve, l'espoir et le pardon. Elle était heureuse. Elle souriait. Une larme, juste une, était accrochée à l'œil de mon grand-père. Grand-père, je t'aime.

À la fin de cette journée magnifique, nous nous trouvâmes seuls, grand-père et moi. Je m'installai sur le canapé en face de la cheminée. Les flammes dansaient. Les brindilles de bois sec crépitaient.

Il me dit soudain, sur le ton le plus neutre possible : « Ta mère est morte il y a trois ans. Accident de voiture. Elle était ivre d'alcool et de trop de vie. » La violence de cette phrase me glaça. Mes yeux étaient écarquillés. Il me fit le récit de ses dernières années. Sans justification ni excuses. De façon tranchée et directe. Elle allait de casino en casino, de bras en bras, totalement paumée de m'avoir abandonnée. Il me remit des lettres qu'elle m'avait écrites chaque jour sans jamais avoir le courage de les envoyer. Elle se racontait. Elle me racontait. Elle racontait la vie. À quel point elle l'aimait trop. Puis, pas assez. Toujours entre deux extrêmes. Entre deux limites. Je l'imaginai, tel un funambule, prête à tomber. Elle se rattrapait toujours. Chanceuse. Jusqu'à cet instant fatal.

Grand-père me serra dans ses grands bras protecteurs. Je lus dans son regard : « Que puis-je faire pour consoler une petite fille de dix ans d'un tel chagrin ? » Il m'aurait tout donné. Il serait allé décrocher la lune, le soleil et les étoiles avec.

Je décidai à cet instant que je serais très forte. Frôlant parfois l'insensibilité, calculatrice et froide. Mais sans brèches. Pas cassable ni même friable. Tenant toujours debout sur mes deux jambes. Orgueilleuse et volontaire. On est tout seul dans la vie pour combattre ses démons et ceux des autres. Je souhaitai même ne pas trop aimer pour ne pas trop me perdre. Il y avait là danger. Mon instinct de survie était inoxydable.

Je m'enfermai dans ma chambre plusieurs jours pour lire ses lettres. La dernière phrase de la dernière lettre s'achevait par la révélation du nom de mon géniteur. J'étais troublée. J'avais perdu maman et retrouvé un père facultatif. À quoi ressemblait cet homme ? Quel était le sens qu'il donnait à la vie ? Connaissait-il mon existence ? Toutes ces questions et mille autres se bousculaient dans ma tête.

Enfin il y avait une simple caisse en carton. Le pauvre héritage de ma petite maman. Des trésors à mes yeux. Son Kelly rempli de petits Post-it qu'elle griffonnait à chaque idée. Son parfum en miniature. Des photos de moi. Un peu usées. Tellement caressées. Sa trousse de maquillage. Elle avait été coquette jusqu'à la fin. Une bague en diamants absolument énorme et importable. Dernier cadeau de son dernier amant. Un pashmina bleu si doux, de la même couleur que ses yeux. Son carnet d'adresses raturé et crayonné de toutes les couleurs. Mon père y figurait en bonne place avec tous ses numéros de portable. L'avait-elle revu pour lui parler de moi ? Enfin, dernier objet de cette caisse, un coussin que lui avait donné un maître yogi. Il était censé permettre à son propriétaire d'être et non pas de paraître.

La page était tournée. Je sortis de ma chambre prête à affronter le monde. J'avais retrouvé la parole. En plus, volubile. J'avais du temps à rattraper.

« Grand-père, j'ai faim. » Ce furent mes premiers mots. Profondément surpris, grand-père ne montra aucun étonnement. Après tout, une petite fille de dix ans s'exprimant avec clarté, quoi de plus naturel ? Il ne reparla jamais de ma parenthèse de silence.

De dix à seize ans, la vie fut normale et sans histoires. Ouf, un peu de tranquillité. Nous allions à la pêche le week-end. J'adorais cette occupation que je considérais comme virile. J'étais la seule fille sur le bateau. Avec tous les privilèges que cela comporte. Grand-père m'expliquait la mer, ses poissons et ses fonds sans jamais aucune lassitude. Nous organisions des pique-niques. Quel sentiment de liberté que de manger avec ses doigts. Comme les bébés ou les indigènes. Puis, le soir, Gilles faisait griller notre pêche, toujours miraculeuse. Je faisais office de petit mirliton en écrasant des herbes folles sur la chair blanche. Quel délice !

Le samedi soir, je dormais chez Zoé ou Clélie, invitée à une pyjama party. Nous cachions des tartines géantes de Nutella pour nous goinfrer sous la couette au son d'une musique idiote à la mode. Je n'aimais pas l'idée d'appartenir à la tribu des adolescents. Je la trouvais moche et sans grâce. Ses codes étaient souvent vulgaires. Toujours sans goût. Pourtant, j'avais beau essayer de me distinguer, j'étais en plein âge bête.

Au lycée, je grimpais dans les premières. Grand-père était fier. Quand j'avais des questions sur la naissance de ma féminité, je me retranchais sur Brigitte. Comme elle avait plus de soixante-dix ans, ses conseils n'étaient pas toujours de la première fraîcheur. Ils avaient le mérite d'être très efficaces.

Quant aux garçons, c'était le cadet de mes soucis. Contrairement à la plupart de mes amies, les premiers jeux amoureux se trouvaient très loin de ma pensée. Je crois que je ne voyais même pas quand je pouvais plaire. Non par manque de confiance en moi, simplement parce que c'était une autre planète. Elle ne m'intéressait pas. Du moins, pas encore.

J'avais envie d'apprendre, pas au sens émotionnel, trop risqué, mais au sens intellectuel. J'avais commencé le karaté. Je voulais pouvoir me défendre seule. Sans l'aide de personne. Grand-père était rassuré. Il sentait le poids des années alourdir sa silhouette. Il était satisfait de me constater aussi guerrière. Je commençais à m'ennuyer. Je pensais parfois à mon père à défaut de pouvoir dire « Papa ». Deux syllabes magiques. Il était temps que je parle à grand-père.

« Grand-père, je veux partir à Paris. à la recherche de mon père. à la recherche de moi-même. » J'étais prête pour la confrontation. Grand-père savait tout cela inévitable. Il comprenait. Il acquiesçait. Il connaissait mon indépendance. Mon goût acharné et obsessionnel de la vérité. Il me répondit, bienveillant : « Nous devons réfléchir à un environnement où tu te sentes bien. Tu trouveras ton chemin. J'ai confiance en toi. »

Sa sœur habitait Neuilly dans un immense appartement dont elle n'occupait qu'une seule pièce. Même essence que grand-père : rigide en apparence mais tendre et tolérante au fond de son âme. Sans aucune hésitation, elle accepta de m'accueillir. Elle m'inscrivit illico au lycée public pour la rentrée en première scientifique. C'était une farouche adversaire de l'école privée. Trop catho pour elle. Trop hypocrite. Elle me dit, malicieuse : « Je préfère la sélection intellectuelle à la sélection religieuse. Elle est tout aussi redoutable mais elle met l'intelligence à l'honneur. L'autre sélection rend les femmes obéissantes et soumises. Je souhaite te donner le culte de l'indiscipline et de l'insolence. »

Je quittai donc la côte normande, une valise à la main et le cœur en berne. J'étais reconnaissante. Respectueuse. J'avais promis à grand-père des visites régulières. À tout ce petit monde, de nombreux signes d'affection. Très pudique, je ne savais pas dire au revoir. Dans le train, Clélie était à mes côtés. J'exultais. Elle venait aussi habiter Neuilly pour vivre avec un père star du business qu'elle connaissait à peine.

Drôle de vie. Homme connu. Père absent. Drôle de choix. À l'arrivée à Paris, le chauffeur de Monsieur Clélie Père nous guettait sur le quai de la gare. Il me déposa chez ma tante. Je devais dîner chez Clélie deux jours plus tard. Celle-ci, à son grand désespoir, était inscrite dans le privé.

Ma tante m'attendait, un verre de vin à la main, pour célébrer mon arrivée. Comme je le devinai vite, tous les prétextes étaient bons pour la célébration. Ma chambre était simple. Sans ostentation. Je me sentais bien dans cet immense appartement, blanc et lumineux. Au dernier étage, une terrasse pleine de charme dominait Paris. Regardant les étoiles, j'y passai ma première nuit et rêvai à ma vie future de petite Parisienne.

Vingt heures. J'arrivai pile à l'heure pour le dîner chez Clélie. Sublime hôtel particulier. Ambiance funeste. Drôle de soirée. Le père était au régime. Le repas, un grand shoot à l'aspartame. Son cuisinier en avait mis dans chaque plat. Heureusement, j'avais le plaisir esthétique d'être face à un sublime Bruegel. Le père et la fille se regardaient. Sans parler. Difficile d'établir un dialogue quand il n'y a jamais eu de réelle intimité. Je crois que l'on ressent son père à l'état de bébé. Si la rencontre est tardive, l'absence de cette intimité physique, de peau à peau, rend la complicité factice au pire, intellectuelle au mieux. Je décidai de détendre l'atmosphère en racontant des bêtises. Le père, farceur et taquin, s'amusait bien. Aussi allais-je devenir une invitée régulière de cette table anticapitons.

Le lendemain, quelques promenades dans les magasins. Avant, deux petites provinciales échappées de Trouville. Après, deux jolies coquettes. J'avais un goût sûr, inné. Hérité de maman, ma grande élégante. J'aimais le sobre avec une pointe d'originalité. Le classique avec un soupçon d'excentrique. L'apparente froideur avec une touche aguicheuse. Surtout le noir et le blanc. Quoi qu'il en soit, jamais plus de deux couleurs. Par refus de « faire perroquet », comme je le disais à Clélie. J'allais beaucoup dans les boutiques vintage. Nous y trouvions à des prix raisonnables de sublimes blouses en soie des années soixante. Indémodables. Ou des trenchs à la coupe assurée. J'aimais ces lieux de féminité, de nudité. Fous rires complices sans rivalité. Pour le lycée, la tenue de combat était le jean et mes inusables Converse.

Clélie, au bout de dix jours, résolut de ne plus aller à l'école. Elle s'installa chez ma tante avec sa complicité et l'accord de son père. Il était de toute façon mal placé pour s'y opposer. Elle devint ma sœur d'adoption. La journée, studieuse, je restais au lycée. Clélie parcourait les musées et les livres. Ma tante l'embarquait « en goguette », comme elle disait. Elles partaient à l'aventure sillonner Paris et ses environs au hasard des rencontres. Parfois, poussant la balade jusqu'au sud de la France, elles disparaissaient toutes les deux plusieurs jours.

J'étais heureuse pour Clélie qui semblait trouver une sorte d'équilibre. Au même moment, je travaillais mes devoirs sur la terrasse. Seule. Savourant ma tranquillité, j'adorais apprendre. J'étais toujours bonne élève. Ce sentiment me donnait un réel plaisir. Je les attendais. Leur retour était chaque fois une fête. Elles me racontaient. Je leur racontais. Ce duo de femmes me comblait. Il me rassasiait.

Comme nous étions, Clélie et moi, de bien jolies Parisiennes, nous étions invitées à toutes sortes de soirées. Toutes plus différentes les unes des autres. La comédie humaine se révélait si drôle. Les gens que nous fréquentions étaient souvent plus âgés. Rien de tel qu'un homme d'expérience. Plus délicat. Moins égoïste. Surtout dans le plaisir.

Pour les trente-sept ans d'un copain, un endroit sublime, surtout en septembre : la roseraie de Bagatelle. C'était devenu un lieu de débauche voilé et bien élevé, le temps d'une fête. Première épreuve : le regard des autres femmes qui vous dévisagent des pieds à la tête pour traquer l'erreur. Pire, ce sont toujours les mêmes, elles cherchent avec délectation et méchanceté ce qui est devenu moins bien depuis la dernière fois. Je compris très vite que mes alliés étaient les hommes. Pas les femmes. Et pourtant, j'en aimais la complicité. Mes deux amies me suffisaient. Deuxième épreuve : le grand jeu du paraître social. C'était drôle, émouvant et parfois triste.

Il y avait l'éternel nouveau riche ayant vendu sa boîte au bon moment. Content de lui. Plutôt sympa. Il avait au moins le mérite d'avoir réussi par lui-même. J'aimais bien ce type de personnage. Souvent extraverti. Toujours décomplexé. En particulier par rapport au fric. Ce n'était plus un sujet tabou. Il en avait. Il le montrait. Il en jouissait. Entouré pour de mauvaises raisons, il savait envisager la matière humaine avec lucidité. Y compris les petites pépées bourdonnant autour de lui, jambes déployées et décolletés ravageurs. Il en profitait. Il ne donnait rien. Il avait raison.

L'héritier, ah, l'héritier ! Il n'avait jamais rien fait de ses dix doigts. Même prendre sa cuillère en argent et la mettre dans la bouche. Elle retombait chaque fois. Lourdement. Comme son intelligence. Sans aucune lueur. Son père, si flamboyant, avait tout pris. Écrasant. Ne lui laissant que quelques miettes de raisonnement. Par bonheur, avec beaucoup d'euros. Au fond, la vie est assez juste. Elle donne des moyens à ceux qui ne sont pas capables de se débrouiller seuls. Lorsque ce personnage tentait de séduire, même dans ce cas précis, il y avait avortement. C'était lugubre et sans charme. Aussi, on disait « non » avec gentillesse et compassion.

Il y avait aussi l'arriviste. J'aimais bien l'arriviste car elle était drôle et caricaturale. Elle passait sa vie à construire la réussite de son époux. C'était sa superattachée de presse. Connue du Tout-Paris, du moins le croyait-elle. Mon grand-père m'avait dit un jour : « Derrière la réussite d'un homme, il y a sa femme. Derrière la réussite d'une femme, il y a son père. » Cet homme sage avait raison. La femme en question se démenait dans tous les sens pour rendre son carnet d'adresses performant et productif. Elle était de toutes les soirées mondaines. Perchée sur ses talons, elle épiait ce qui pouvait lui être utile et à quel moment. Aucune gratuité. Elle retomberait de haut. Un jour. En constatant le vide autour d'elle.

La femme d'action était attendrissante. Elle ne savait manier que l'agressivité. Elle avait l'habitude de se battre dans un monde d'hommes. N'arrivant pas à communiquer, elle écrasait les autres femmes. Je la trouvais désarmante. Au fond, elle était plutôt gentille.

Enfin, il y avait le politique. L'homme politique. L'animal politique. Malade de séduction. Drogué au regard des autres. Désespéré de ne pas plaire. Même dans une soirée entre bons copains, il devait tenir le premier rôle. Avec les femmes, boulimique. Incapable de fidélité, marié ou pas.

Tous ces personnages nous amusaient beaucoup, Clélie et moi. Nous étions comme au théâtre.

De temps en temps, pour côtoyer des jeunes de notre âge, nous allions à nos rallyes du samedi soir. Avantage : les filles étaient si tartes qu'elles nous servaient de faire-valoir. Inconvénient : comme les garçons étaient aussi tartes, tout cela ne servait pas à grand-chose.

Il y avait là la fille à maman, l'ombre de son ombre, l'ombre du chien de sa mère. Nous l'appelions « Maman m'a dit ». Puis, guettant au coin d'une pièce, on croisait l'éternel aristo. C'était immanquablement le plus grossier. Il se pensait au-dessus des règles de courtoisie. Les autres, totalement crétins, se laissaient marcher sur les pieds. Se croyant d'une éducation parfaite, il prenait des airs un peu voyou, piège à filles... Irrésistible. Ensuite, la salope. Il en faut toujours une. Voire plusieurs. C'était celle que tout le monde s'était tapée, de dix-sept à soixante-dix-sept ans. Plus elle était active, plus elle prenait l'air de celle qui n'y touchait pas. J'aimais la vraie salope. Celle qui assume. Pas la salope rentrée, la salope B.C.B.G. Souvent, elle n'était pas très jolie. Elle avait tort d'être facile car les hommes de cet âge-là vont plutôt d'eux-mêmes vers les moches. Les belles font souvent peur. Les moches rassurent et évitent les efforts.

Il y avait aussi celle qui cherche un mari à tout prix. Quand vous trouvez la fille, ciblez la mère. Elle connaissait par cœur son Bottin mondain. Elle couchait avec... Avec calcul et détermination. Dès son arrivée à la soirée, cette fille-là sait à qui elle doit parler. Pas à celui qu'elle trouve séduisant. Celui dont le pedigree satisfait maman. Elle était souvent brillante dans sa démarche. Plutôt bonne à la pêche au harpon. On la croisait quelques mois plus tard, affichant avec fierté sa bague de fiançailles. Dessinée par belle-maman. Offerte par beau-papa.

Enfin, l'inévitable déconneuse. Elle aimait secouer ce conformisme. Bien élevée, un brin provocante, elle connaissait ses limites. Elle savait s'arrêter à temps. Sauf exception. Zoé faisait partie de cette race-là. Nous l'invitions souvent, Clélie et moi, à nos réjouissances de week-end. N'ayant pas l'occasion de s'amuser tous les jours, elle arrivait gonflée à bloc. J'appréhendais. J'avais raison. À l'une de ces soirées, elle avait pris en grippe notre hôte. Frappée d'un coup de folie, elle me regarda avec son air de défi : « Clochette, as-tu déjà vu une peinture d'Arcimboldo en live ? » Moi, avec appréhension : « Non, Zoé, mais je peux attendre. » Soudain, je la vis s'élancer tel un éclair vers la jeune fille de la maison, la prendre par la main et l'installer d'autorité au milieu du salon. Habitée d'une incroyable énergie créatrice, elle se dirigea vers les buffets à thème. Elle attrapa chaque plateau pour en jeter à toute vitesse le contenu sur son modèle statufié. Ses cheveux étaient recouverts de crevettes. Elle portait, telles deux créoles, des homards à ses oreilles. Son cou était entouré d'algues vertes. L'odeur très spéciale embaumait déjà la pièce. Zoé, avec un toupet inconsidéré, prenait le temps de réajuster son œuvre sur cette pauvre âme. Enfin, imperturbable, elle colla avec application des petits fours sur les jambes de sa victime en détresse, toujours figée. Et me regarda, exaltée : « C'est joli, frais et coloré, tu ne trouves pas ? » Je vis la mère de la fille à deux mètres, prête à l'étrangler. Zoé fut virée sur-le-champ, désormais « blacklistée ».

Enfin, mes soirées préférées. Celles où l'on rencontrait toutes sortes d'individus un peu louches. Du plus voyou au plus lisse. C'était souvent limite. On pouvait tomber et se faire mal tel un funambule. Je n'étais pas la fille de maman pour rien. Ces fêtes dans des boîtes branchées m'amusaient follement. La nature humaine s'y révélait entre trois et six heures du matin. Parfois lumineuse. Parfois sordide. Il y avait là de drôles de vies.

En tête de liste, le vieux beau qui se croyait sans âge. Son objectif principal : cibler la plus jeune de la fête pour l'embarquer chez lui. Peut-être avait-il le sentiment de rattraper le temps. Ou bien ses raisons étaient plus simples : mettre dans son lit un corps jeune et vigoureux.

Le photographe de mode était de son côté plus intéressé par la beauté que par la jeunesse. Il savait reconnaître au premier coup d'œil le futur canon. Même chez une fille peu sûre d'elle et effacée. Il aimait révéler cette beauté-là.

On croisait aussi certaines salopes de luxe différentes de la première race. Le Bottin mondain, elles ne connaissaient pas. Leur truc à elles, le fric. Elles cherchaient une victime pleine aux as. Par ailleurs pas si victime que ça.

Il y avait également l'artiste maudit. Celui qui ne perçait jamais. C'était assez triste. Moins pathétique pourtant que le has been un peu désespéré, ayant connu son heure de gloire le temps d'une chanson. Je déambulais avec mes deux amies dans cette galerie de portraits. J'aimais m'en approcher sans jamais me brûler. J'avais dix-huit ans. L'année du bac. L'année de tous les dangers. Très courtisée, aucun de mes prétendants ne me plaisait assez pour que je passe la nuit, ma première nuit, avec l'un deux. Soit il faut faire cela avec quelqu'un que l'on aime follement pour rester avec lui toute sa vie, soit on choisit quelqu'un de passage. Sans intérêt. Suffisamment atypique pour en garder un souvenir rigolo à défaut de romantique. Ce fut l'option que je choisis dans l'idée de ne jamais revoir cette personne. Un soir, alors que Zoé était comme à son habitude tout à fait survoltée, je repérai un blond aux yeux bleus, plutôt beau gosse, les cheveux mi-longs. Curieusement, pas du tout mon type. Il m'envisageait des pieds à la tête. Pas comme un gamin mais bien comme un homme. Il devait bien avoir dix ans de plus que moi. Il s'approcha. Moi, peu farouche pour une fois, je lui souris. C'était bon signe. Pour lui.

Il avait deviné que ce ne serait pas très compliqué. Clélie, qui avait tout compris, regardait la scène d'un air amusé. Après quelques mots, je le suivis, un peu inconsciente, dans sa Cadillac rose bonbon. Tant qu'à faire les choses, pourquoi les faire à moitié ? Il voulut me revoir. Moi pas. Je rentrai à Neuilly le lendemain, à trois heures de l'après-midi, déposée par ce drôle de carrosse kitschissime telle une Cendrillon des temps modernes.

Il était temps de me mettre au travail. J'avais réussi le concours d'entrée dans une grande école de commerce. Ces trois années allaient s'écouler sans histoires. J'eus quelques amourettes de passage. Mais rien de significatif. Rien qui vaille la peine d'être raconté. Je me disais même que j'étais mal foutue à l'intérieur. Mes amies, elles, tombaient éprises d'un nouveau jeune homme tous les quatre matins. En ce qui me concerne, j'étouffais très vite à deux. Aussi, je repassais tout aussi vite à un. Il m'arrivait parfois de penser à mon géniteur. Sans aigreur. Avec curiosité.

À vingt-deux ans, fraîchement diplômée, j'intégrai une entreprise dans le secteur automobile. Domaine qui ne m'intéressait nullement. Je n'avais même pas mon permis de conduire.

Plus que le travail en soi, c'était cette première indépendance matérielle que je bénissais. Quelle satisfaction de ne rien demander à personne ! Mon premier salaire fut fêté avec Zoé et Clélie, dans mon premier studio. J'étais fière. J'avais choisi avec soin une sublime bouteille de bourgogne. Une ne suffisant pas, nous en bûmes deux. Zoé terminait ses études d'histoire pendant que Clélie restait dans l'attente. À la fin du dîner, je lançai : « Pourquoi ne pas monter un business toutes les trois ? Zoé pour le toupet, Clélie pour le carnet d'adresses, et moi pour les relations publiques ? »

C'était l'époque où tout était possible et un peu facile. On pouvait rêver. Elles étaient enchantées. Le week-end suivant, je me rendis à Trouville pour annoncer la nouvelle à grand-père et Brigitte. Il vieillissait bien. Il restait bel homme. Avec toute sa dignité et sa pudeur. Il me déclara, l'air coquin :

« Comme je parie sur toi, si tu ne t'en offusques pas, j'aimerais que tu acceptes que je sois le sponsor majoritaire de ta petite entreprise. » C'était touchant et élégant. Il savait que j'aurais refusé s'il l'avait formulé autrement. Et pourtant, nous avions terriblement besoin de ses fonds. Brigitte, toujours aussi gentille, passa son samedi soir à dessiner des logos. Branchés et audacieux pour une vieille dame de quatre-vingts ans.

De retour à Paris, il fut décidé d'un commun accord que nous allions créer un cabinet de chasseurs de têtes. Le siège social serait mon studio de la rue Lauriston, quarante mètres carrés compacts et fonctionnels. Le nom, « Charlie's Angels ». Comme les trois drôles de dames, avec grand-père dans le rôle de Bosley. Pendant un an, ce fut cauchemardesque. Je bossais dix-huit heures par jour sans aucun retour. Notre premier contrat fut signé au bout d'un an précisément. Il était temps. Nous commencions à nous décourager. Il fallait désormais nous concentrer sur des secteurs d'activité pointus et en plein boom. Notre choix s'arrêta sur les cosmétiques au sens large et à la finance au sens large. Quand je dis « au sens large », c'est que nous ne pouvions guère nous offrir le luxe d'envisager la chose au sens étroit...

Nous devions trouver un créatif de génie pour relooker une ligne de maquillage ringardisée. La chasse fut confiée à Zoé. Elle s'entendait parfaitement avec sa cliente : une vieille bique, lesbienne, de cinquante ans. Zoé, avec son allure de fille prête à tout, les attirait. Toujours. Pour cette recherche, le profil était si ouvert qu'aucun parcours n'était écarté. Le premier candidat proposé avait dessiné une ligne de meubles aux formes généreuses. Comme une femme gironde... Sympa, divorcé. Quatre fois. Il abordait cette opportunité professionnelle comme un cinquième mariage. Il s'y mettrait corps et âme les trois premières années, puis la quatrième il s'enfuirait à toutes jambes. Trop instable. Au suivant. Celui d'après avait l'allure d'un jeune chien fou. Plutôt lévrier afghan que saint-bernard. Il promenait sa longue silhouette altière alors que Madame la lesbienne, insensible à son charme, comptait ses os. Il avait pourtant un parcours étonnant. Il avait travaillé sur les couleurs auprès d'une tribu d'Amazonie. Il en était revenu avec une palette de trois cent douze harmonies. Capable de trouver le juste ton pour n'importe quelle femme. Notre cliente nous rétorqua avec sévérité : « Trop baba cool. Pas assez hippie chic. » Au suivant. Finalement, ce job était aussi cruel qu'un casting de cinéma. On pouvait être très fort sans passer pour autant l'épreuve de la photogénie. Le troisième candidat fut le bon. Était-ce parce que c'était une candidate ? Cette jeune femme à l'allure revêche était une créatrice de talent.

Depuis l'âge de quinze ans, elle étudiait la gemmologie au Gem Palace à Jaïpur. Cet endroit était inouï. Deux frères, deux Indiens un peu fous y travaillaient la pierre avec passion et génie. Ils étaient devenus si célèbres que, de Mick Jagger à la reine d'Angleterre, tous les connaissaient. Les pièces de joaillerie qu'ils créaient étaient sublimes et uniques. La jeune femme avait appris à leurs côtés à sélectionner la pierre. À en saisir la couleur et le devenir. À la tailler avec force et fragilité. À créer. Tout cela dans un environnement d'hommes. D'une autre culture. D'une autre religion. Elle fut choisie autant pour ses qualités artistiques que pour sa capacité d'adaptation. En remerciement d'un si bon travail, notre cliente invita Zoé à dîner. Je sommai mon amie de faire un effort. Elle s'y plia non sans bougonner.

Je crois que Zoé et Clélie, plutôt dilettantes, n'avaient jamais autant travaillé de leur vie. Et pourtant, nous commencions tout juste à sortir du rouge. Sans avoir la folie des grandeurs, nous avions décidé d'habiter toutes les trois dans une petite maison à Ménilmontant. C'était tout à la fois notre foyer et notre bureau. Cela nous valait quelques scènes cocasses. Surtout quand certains clients de Zoé débarquaient à l'improviste.

Les miens, dans la finance, auraient vécu comme impensable un déplacement dans le 20e arrondissement. Mais un jour, alors que Zoé dansait nue sur le canapé du salon sur un rythme effréné de salsa, sa cliente saphique déboula. Et là, je n'en crus pas mes yeux. Elle se déshabilla à son tour pour participer à cette fièvre endiablée. Zoé était ravie. Moi, furieuse. Avec mes principes de vieille fille puritaine, « on ne mélange pas les fesses et le business », je bouillonnais intérieurement. Une heure après, l'air angélique, Zoé me déclara, enjouée et narquoise : « Regarde, on a une nouvelle chasse de Madame la lesbienne. J'ai juste un problème : elle s'est trompée de culotte. Elle a mis la mienne en partant. » Elle ajouta, provocante : « Est-ce que tu peux la contacter pour lui demander de me la rapporter ? »

Avec mes clients, c'était assez différent. Les profils dans la finance étaient en apparence plus académiques mais révélaient aussi des personnalités incroyables. J'adorais mon job. Plus je connaissais mes clients, plus j'étais à la chasse. À l'affût. Je guettais. Prête à bondir. Quand la cible était atteinte, je mordais jusqu'au *oui* final du candidat. Tenace, je vérifiais tout jusqu'au moindre détail. Notre cabinet commençait à être connu pour ce professionnalisme.

Clélie travaillait beaucoup pour des laboratoires pharmaceutiques. Elle devait dénicher un chercheur qui aurait à imaginer une pilule amincissante miracle. Premier entretien : un dingue. Un vrai de vrai. Un pur et dur. Il vivait dans son monde et n'en sortait que pour des jolies filles. Sa faiblesse. Il était si radical dans son approche que les ersatz de pilules qu'il avait créées jusqu'alors faisaient maigrir, certes, mais à vos risques et périls. Une personne sur trois terminait à l'hôpital dans des douleurs atroces. Quant aux deux autres, elles maigrissaient. Mais bizarrement.

Selon les corps, elles devenaient toutes maigres en haut en gardant leurs rondeurs en bas. Ou l'inverse. Comme il ne manquait pas d'humour, il expliquait à Clélie qu'il inventait une nouvelle forme de beauté. Il choisit même pour illustrer ce travail minutieux les *Nanas* de Saint-Phalle. Cette approche était intéressante mais un peu risquée pour notre client.

Le deuxième candidat, bellâtre de cinquante ans, avait la dégaine d'un chirurgien esthétique. Il en avait aussi l'approche. Malade de précision, il vérifiait chaque information que nous lui donnions. Clélie pensait à juste titre qu'avec ce sens du détail, il saurait vérifier mille et une fois la formule magique. Pour en faire la Shéhérazade du régime. Le rendez-vous avec la cliente fut un désastre. De son regard aigu et tranchant, il lui dit : « En ce qui vous concerne, il y a du boulot. » De chercheur, il devint scalpeur. Il prit son crayon et dessina sur cette pauvre femme des lignes dans tous les sens. « Il y a beaucoup de choses à refaire chez vous mais la situation, madame, est loin d'être désespérée. Votre priorité, finalement, c'est votre nez... Là, si je peux me permettre, il y a urgence. Peut-être faudrait-il aussi vous faire tirer les fesses... Comme on dit souvent, vous devez être une bonne vivante. Qu'en pense votre compagnon ? » Le sujet de l'analyse, rouge de colère, lui flanqua une gifle acérée.

C'était aller trop loin. Clélie sentait son droit à l'erreur de plus en plus réduit. Aussi, elle réorienta sa chasse vers des profils plus classiques. Moins risqués. Six mois plus tard, un grand laboratoire concurrent lançait une ligne de produits amaigrissants créés par notre chirurgien esthétique en puissance. J'appris de ce métier à calculer le risque. Les meilleurs recrutements étaient immanquablement des paris. Simplement j'avertissais le client que ce profil particulier marcherait dans un environnement précis. Hors contexte, le risque d'échec était présent. Quand on aimait ce job, il devenait un travail d'orfèvrerie.

Parfois, il arrivait que nous puissions travailler ensemble sur une même recherche. Surtout si elle se révélait délicate.

Comme cette mission où nous avions un oiseau vraiment rare à trouver. Un nez, comme on dit joliment dans les métiers de la parfumerie. Un nez atypique. Exquis, raffiné. Pas celui de Cyrano. Celui de Cléopâtre. Pour créer un jus exceptionnel. Intemporel. Je sentais que j'allais beaucoup m'amuser.

Il fallait faire preuve de créativité dans les profils suggérés. Je dénichai donc mon premier candidat dans un environnement underground : le représentant à Paris d'un cartel de trafiquants de drogue. Je m'étais dit qu'il fallait du génie pour créer toutes ces gammes d'opiacés. Et puis ce nez réclamait non seulement de la nuance mais aussi un sens indéniable du marketing. Seul le brassage de gros billets pouvait donner cette sensibilité très particulière. Mon candidat était génial. Pas très présentable. Un look à la Fidel Castro retouché par Imelda Marcos. Il ne passa certes pas le cap du premier entretien, mais notre client était désormais rassuré quant à l'originalité de notre approche.

Le deuxième candidat était déjà issu du milieu de la parfumerie. Fan de musique, il mélangeait la musicalité des sons à celle des odeurs. Il vivait un casque sur la tête. La création de ses jus se déroulait soit dans un silence intense, soit dans une cacophonie sans nom. On passait d'une odeur épurée à du baroque flamboyant. D'un extrême à l'autre. Il aimait qu'on lui raconte l'histoire de notre parfum avec des mots sophistiqués et précis. Il inventait alors une odeur pour retranscrire le verbe. J'étais impressionnée par tant de subtilité. J'étais sous le charme. Trop particulier pour mon client. Il déclara sur un ton amusé : « Clochette, il me faut un compromis entre ton candidat Un et ton candidat Deux. C'est précisément cela. » J'avais compris.

Le troisième fut en effet le bon. Il venait d'un environnement plus viril : l'œnologie. Il participait à la création des meilleurs bourgognes. Ayant été élevée aux grands crus de cette région, j'étais sensible à cet argument. Vin capiteux. Sensuel. Charnel.

Cet homme-là avait une démarche assurée, ancrée dans la terre. Il était aussi enveloppant que le nectar qu'il créait. Il avait un talent fou. Mais j'étais moins séduite. On passait des airs à la terre. Atterrissage en douceur. Atterrissage quand même. L'important était qu'il plaise à mon client. Il acheta sur-le-champ.

Lui. Vendredi 6 septembre. Je l'attendais dans un salon attenant à son bureau. Directeur général d'une grosse société d'audit financier. Je souhaitais l'avoir comme client coûte que coûte. Sa réputation le précédait dans chaque endroit. On le disait coléreux, tyrannique. Voire méprisant. De toute façon, j'aimais bien les personnalités difficiles. Le moment le plus excitant était celui où l'on s'y croyait perdu. Quand la photographie de l'autre devenait moins floue, plus nette, je me lassais. J'en avais compris les contours et les profondeurs. Il y avait moins de mystère.

Il apparut au pas de sa porte pour me faire entrer dans son bureau. Me dévisagea en un coup d'œil pour m'envisager tout aussi rapidement. D'abord comme une chasseuse de têtes, puis comme une femme à avoir. Je connaissais par cœur ce regard prédateur. J'avais mis longtemps à m'y habituer. À l'accepter. À accepter que je n'étais plus une petite fille. Avant, je le trouvais agressant. À présent, caressant. J'aurais même vécu comme vexant l'absence de ce regard. On s'habitue vite à ce type d'hommage. D'une voix coupante, il me dit : « Je recherche un chargé de mission, une sorte de chef de cabinet, profil énarque ou normalien, dégourdi, malin et créatif : la personnalité comptant autant que le CV. J'ai besoin d'être remis en cause. J'aime que l'on me tienne tête. J'aime la résistance intelligente. » Je lui répondis dans un élan : « Il vous faut une femme, de toute évidence. Vous pourrez admettre d'elle remarques et suggestions que vous refuseriez d'un homme. Par orgueil. Par rivalité. Pour des raisons d'ego. Une femme est souvent plus fine pour fracasser un homme tout en le flattant. Suggestion après suggestion, elle le fait évoluer dans la douceur. Par touches. » C'était souvent dans le monde de l'entreprise une association efficace. Quand ça marchait, le duo allait loin. La partition était jouée à la perfection.

Je fus sélectionnée. Il me dit alors, trop sûr de lui, mégalo : « Il faut que je vous raconte qui je suis afin que vous puissiez bien faire votre travail. Êtes-vous libre un soir à dîner ? » Je n'étais pas surprise. Je m'y attendais. Sur le même ton assuré : « Pourquoi pas mercredi soir ? » Lui, souhaitant récupérer la main : « 20 h 30, au restaurant de l'hôtel Bristol. » Un restaurant d'hôtel, c'était un bon présage...

Je quittai son bureau songeuse et troublée. Drôle de personnage. Intéressant. Énigmatique. Comme je les aimais. De toute façon, plus de densité que les petits jeunes qui m'invitaient à dîner, polis et lisses. De retour à la maison, une jolie surprise m'attendait. Clélie et Zoé avaient organisé pour moi un anniversaire surprise pour mes vingt-cinq ans. Très pudique, je redoutais habituellement ce type d'événement. Là, ce fut touchant et émouvant. Il y avait même grand-père. Je le découvrais plus vieux que la dernière fois. J'avais perdu sur lui mon regard d'enfant. Quel dommage ! Mon nouveau regard le mettait à l'épreuve du temps. J'avais l'esprit ailleurs. Je pensais précisément à cet homme que j'avais rencontré quelques heures plus tôt. Même si cette fête était très réussie, je fus soulagée d'en voir la fin. Je dormis d'un sommeil léger, teinté de rêves étranges.

Mercredi soir. 20 h 45. Il n'aimait pas attendre. Je scrutai son regard, une lueur d'impatience. Tant mieux. Pour brouiller les cartes, j'avais ce soir un style très femme fatale. J'avais décidé de séduire cet homme. De le mettre à cran. Pour jouer. Pour voir. Lui aussi avait sorti le grand jeu. Sûr de le gagner. Sûr de m'avoir en fin de soirée. L'excès de confiance est un tort. Surtout pour moi. Il me rend garce. Alors que je ne le suis pas. Sauf dans ce cas précis. Pas de chance.

Première manche : je lui laissai la main. Il était obsédé par l'idée de tout maîtriser. Aussi lui donnai-je à penser, à la perfection, que c'était lui qui menait la danse. Un homme adore qu'on l'écoute parler de lui. Ce que je fis à merveille. L'air absorbé et admiratif. Surtout ne pas montrer qu'on est trop fine. Ça peut faire peur. Faire croire à l'autre, que, sans lui, on est perdue. L'espace d'une soirée. L'homme protecteur se réveille alors. Il nous trouve charmante même si on n'a pas dit un mot. C'est au fond assez facile. Être jolie et silencieuse. Avec un regard béat. Il se racontait, il est vrai, très bien. Il m'expliqua d'abord sa famille. Ses frères. Il était le plus jeune d'une famille de quatre garçons. Au départ, fils à papa un peu flambeur, il avait réussi à construire un vrai parcours. Il avait une histoire personnelle forte. Le tournant de sa trajectoire, il le devait à un accident de ski. Il était passé à côté de la mort dans une avalanche. Un vrai miraculé. Si étrange que cela puisse paraître au vu de son caractère, il était devenu très croyant. Il avait une erreur de jeunesse à expier. Je commençais à m'attendrir. À faiblir. Je n'aimais pas. De garce calculatrice, je devenais femme sensible et émue. Il ne fallait pas. Il me raconta ensuite sa vie sentimentale. Bien entendu, un désastre. Il était marié à la même femme depuis vingt ans. Il ne l'aimait plus depuis dix-neuf ans. Ils n'avaient pas pu avoir d'enfants.

Il s'exprimait sur un ton neutre et léger comme quelqu'un qui a l'habitude de se raconter. Je doutais de sa sincérité. Je le devinais complexe et plein d'ambiguïtés.

Deuxième manche : il garda la main. Cela n'avait pas d'importance à cet instant. Il termina par son parcours professionnel : plein de virages et d'anecdotes. Il était très cultivé. Comme j'adorais qu'un homme m'apprenne, j'étais comblée, en haleine. La soirée passait vite. Très vite. Il me proposa de poursuivre cette conversation au bar.

J'acceptai.

Troisième manche : je devais la gagner. Alors que je sentais grandir son désir, je lui dis soudain : « Tu sais, toi et moi, ça ne va pas être possible. » Il était interloqué de me voir aussi directe. « Même si c'est un moyen radical de résoudre mon complexe d'Œdipe, je ne suis pas prête à coucher avec mon père. » Je jetai ces mots avec violence. Mon ton était faussement maîtrisé. Je ressentais une grande tristesse. Lui se remémorait les coups de téléphone incessants de cette sublime femme un peu allumée. Il avait un vague souvenir du bref instant qu'il avait passé avec elle dans ce placard à balais à Manhattan. Il avait été si lâche ! Il savait mon existence. À cet instant, il pâlit. Incapable de prononcer un mot. Je l'aidai : « Tu sais, j'ai tout pardonné aujourd'hui. La vie est complexe. Je ne sais pas moi-même comment j'aurais réagi. Penses-tu que je peux t'appeler papa ? » Il sourit, libéré et honteux. Cet immense sourire était un *oui* imprononçable. Je lui dis avec calme : « S'il te plaît, raconte-toi. Pas comme tout à l'heure. Pas comme un homme qui veut séduire une femme. Comme un père à sa fille. »

Pendant deux jours entiers, sans cesser de parler, nous nous racontâmes l'un à l'autre. On passait du rire aux larmes et des larmes aux rires. Comme si les liens du sang avaient dépassé ces vingt-cinq années d'absence. Après tout, je m'étais bien construite. Seule. Plus forte. Je voyais cette rencontre comme un cadeau de la vie. Nous avions du temps à rattraper. J'aimais son humilité et sa finesse. Pour ma part, j'avais tourné la page. Lui ressentait une énorme culpabilité. Elle ne le quitterait jamais. Finalement, le poids de la faute était plus lourd à porter pour le coupable. À mon tour, sur sa demande, je lui fis le récit de ma petite vie. Je crois qu'il était fier de mon parcours. Il n'osait pas le dire. Il aurait trouvé maladroit d'intervenir après vingt-cinq ans de non-dit. Nous résolûmes de garder un peu ce secret. Tous les jours, nous nous donnions rendez-vous dans une cachette à nous. Comme des énigmes dispersées, ces lieux avaient pour lui un sens précis que je devais deviner. Tels deux grands enfants, nous parcourions Paris à la recherche du temps perdu. Après un mois sur ce rythme, j'avais envie de crier à la face du monde que j'avais enfin un père. Il était fou de joie. Heureux de m'intégrer dans sa vie à part entière. Il me présenta son épouse ; un peu fade mais très gentille. Ils étaient de mon point de vue mal assortis. Je me surpris à être jalouse.

Elle me considéra aussitôt comme la fille qu'elle n'avait jamais eue. Je n'aimais pas. Mais je ne montrai rien. Je n'avais qu'une seule maman. Point à la ligne. C'était une maman fée.

Je décidai d'organiser un week-end chez grand-père avec papa, Zoé et Clélie. Ma petite famille de cœur et d'esprit.

J'avais gagné la partie.

J'avais trouvé un papa.

Il était fier avec ces trois petites femmes dans sa voiture. Mon papa. J'étais grisée de prononcer ces mots magiques. Je le regardais comme pour l'absorber. J'avais si peur de le perdre une deuxième fois. Il redoublait d'attentions.

À Trouville, c'était l'excitation. Malgré sa colère de voir apparaître après vingt-cinq ans un tel individu, grand-père m'avait promis de bien l'accueillir. Je lui avais dit : « C'est sans doute plus difficile pour lui que pour toi. Aussi comporte-toi avec cette idée. » La rancœur n'arrangeait rien. Le pardon ouvrait les portes du paradis. Il rendait fort. Il élevait. La maison était en fête. Dans chaque pièce, on s'activait. Surtout dans la cuisine. Gilles, poète des fourneaux, avait préparé un déjeuner qu'il avait nommé « L'enfance de Clochette » : salade de fleurs, homard aux carambars, tarte aux fruits sucrée aux fraises Tagada. Merveilleux clin d'œil à toutes les saveurs que j'aimais petite fille. Papa était heureux de m'avoir su heureuse. Il me disait que, décidément, le fantasque se transmettait de génération en génération dans la famille de maman.

Je l'emmenai découvrir ma chambre. Nous avions, lui et moi, tout évoqué sans aucun tabou. Cependant, une dernière question me brûlait les lèvres. Je voulais savoir la vérité sur lui et maman. S'il l'avait aimée, même cinq minutes, dans ce fameux placard à balais. Il me dit avec douceur, ses yeux plongés dans les miens : « Tu sais, les années soixante-dix, c'était une autre histoire. C'est un lieu commun de dire cela. Et pourtant, le décadent était parfois à l'honneur. Je te dois la vérité même si elle est loin d'être aussi jolie que ce que tu es devenue : non, je n'ai pas aimé ta maman pour la simple raison que je n'en ai pas eu le temps. Oui, c'était juste une rencontre de l'instant. Elle était belle et facile. J'étais jeune et inconscient. Comment résister à la tentation ? Aujourd'hui, ce que je sais profondément, c'est que je t'aime comme un fou. Si l'acte était une erreur de jeunesse, l'essence de cet acte, toi, Clochette, me réconcilie avec toutes les erreurs. Je souhaite même que le monde ne soit qu'erreur pour n'être peuplé que de petites Clochettes. Viens, tournons la page. »

Au salon, la musique était tonitruante. Clélie et Zoé dansaient avec grand-père. Il était temps de rentrer à Paris. Ayant retrouvé papa, je me sentais prête à aimer. Vraiment. Pas comme une petite fille à la recherche du père. À présent, j'étais libérée.

Lui. Je croisai son regard à ce dîner plein d'ennui. J'y lus intensité, brûlure et désir. Je ne voyais que lui. Il était brillant. Tout à la fois sûr de lui sur l'essentiel et plein de doutes sur l'accessoire. D'ordinaire si bavarde, je restai silencieuse. J'observais. À la fin du dîner, il s'assit à mes côtés. Sensation étrange. Je le regardai. C'était comme si je le connaissais déjà. Parfaitement. Il me prit la main. Moi, si frileuse, j'avais toujours les doigts glacés. Or à cet instant sa peau soyeuse me réchauffait. C'était toujours le silence. Le mot n'était pas nécessaire. Alchimie de l'esprit. Une phrase enfin. Il me dit : « Viens, suis-moi. Je m'appelle Raphaël. Et toi, je sais que tu es Clochette. Joli prénom. » Derrière lui, sur sa moto, mes petites mains s'agrippaient à ses bras. Pas comme une fille déjà collante. Plus à la recherche d'un contact physique, immédiatement charnel. Ça n'avait rien d'une histoire d'amour au sens féminin du terme. C'était une histoire d'attirance. Irrémédiable. Irrévocable. C'était trop tard pour reculer. Pour renoncer. Je plongeai.

J'avais toujours été avec des hommes dont le choix de départ était raisonnable, rationnel, posé. Dans le cas présent, je ne réfléchissais pas. C'était reposant. C'était l'évidence. Je l'aimais. Il m'aimait. Nous nous aimions. Je l'aimais comme un homme aime une femme. Il y a d'abord le désir physique. Puis l'histoire d'amour. Une femme, elle, se raconte d'abord des histoires. Elle se construit tout un monde imaginaire. Elle tombe amoureuse. Puis il y a le désir. J'étais pour ces choses-là très masculine. Tant mieux. Il faut éviter de se raconter des films. Mon fantasme majeur était de faire l'amour dans un placard à balais. Je les voulais tous. Les colorés, les tristes, les morbides, les confortables, les exigus. Il souriait de toutes mes folies, s'en amusait. Cette histoire me révélait à moi-même. Comme un point final. C'était un achèvement. Une évidence, oui. C'était lui. L'homme d'une vie. D'une année. Ou peut-être d'une journée. En tout cas l'homme de l'instant.

Trois ans s'étaient écoulés. Dispersés. Volatilisés. Comme le temps passe vite quand on est heureux. Il échappe à tout contrôle. On voudrait le capturer pour le savourer. Clochette était au sommet de sa beauté. Amoureuse. Plus amante qu'aimante. Raphaël était omniprésent sans être pesant. Elle le désirait toujours autant. Peut-être même de plus en plus. Elle domptait cette ardeur. Peur de ses débordements. Elle connaissait son absence de limites naturelle. Retenue et contrôle étaient ses maîtres mots. Elle n'avait pas encore la maturité d'une femme pour l'abandon total. Il fallait du courage pour cela. Et pourtant…

Ces deux êtres, hors du temps, toujours mobiles, n'avaient pas besoin d'être collés pour s'aimer. Indépendants, indépendantistes donc libres. L'amour vrai consiste à ne rien demander à l'autre. À ne rien exiger de l'autre. Le don de soi passe par cette absence de calcul. Parfois, ils se frôlaient cinq minutes. C'était suffisant pour repartir de longs mois solitaires. Elle l'adorait, il la cajolait. L'amour prend une forme différente selon ceux qu'il anime. Là, c'était l'amour fou sans contraintes. La fusion sans l'étouffement. Quel équilibre ! Quel miracle ! Cet amour était intelligent. Évolutif et fluide.

Clochette était plus assurée, plus anguleuse, plus complexe. Raphaël était simplement très, très, très… Les deux ensemble, la lumière.

Grand-père gardait toujours le temple de la Raison. Brigitte, telle sa vestale, entretenait la flamme de la déraison. Sans l'attiser. Après sa rencontre avec le père, Clochette s'était découvert un frère. Celui-ci n'avait pas été conçu dans un placard à balais mais dans le creux d'un canapé. C'était moins raide. Plus confortable. Maman l'avait pourtant abandonné dès sa naissance. Décrétant qu'elle ne saurait pas élever un garçon. Clochette avait surpris son existence presque par hasard. Cette rencontre était inouïe. Alors qu'elle l'interrogeait, à la recherche du candidat idéal, elle avait reconnu dans ses yeux le regard étrange et profond de sa maman. Une lueur allumée, venue de nulle part. Un bleu irréel à l'intensité dérangeante. D'instinct, elle avait su qui il était. Il lui avait raconté. Elle avait souri, pensant à sa drôle de famille. Un remède à la monotonie. Dernier pied de nez d'une maman magicienne et insolente !

Augustin, ce frère débarqué de la planète Mars. Il était fou à lier. Elle l'aima sur-le-champ. Beau comme un dieu, déjanté comme le diable. Une présence insoutenable. Un charisme à dégivrer la plus frigide de nos jeunes filles en fleurs. Clochette était devenue sa conscience. Il était son inconscience. Alliance étrange. Association de malfaiteurs. Pour le meilleur et pour le pire. Adopté par un ambassadeur, toujours entre deux villes, il avait grandi presque seul dans un appartement triste et sans âme. Parfois, il se cognait aux murs pour avoir l'impression d'exister. Grâce à lui, Clochette respirait hors Raphaël. Grâce à elle, il arrivait à habiter quelques instants le monde réel.

Il avait peuplé son appartement d'animaux étranges et d'insectes dévoreurs. Le paradoxe était l'araignée noir acier sur la commode Boulle. C'était son sens de l'esthétisme cynique et provocant. Il avait de qui tenir. Attirant à se damner, il émanait de lui la perversité des hommes de Visconti. Les filles tombaient comme des mouches. Elles faisaient finalement partie de la faune de son appartement. Ni plus ni moins. Un jour, une beauté vulgaire et arrogante humilia Clochette en public. Le jugement d'Augustin fut de l'attirer dans sa toile pour la punir. Sa sœur lui écrivit sur un papier : « Fastoche. » Il lui répondit, illuminé : « Tu n'as rien vu, attends. Suis-nous. Je laisserai la porte de mon appartement ouverte. » Il avait cet air sadique qu'elle lui connaissait bien. Tel Spiderman, il emmena son insecte plutôt joli à pas d'araignée. Il la glissa dans son lit en deux coups de patte. Tandis que la fille se pâmait dans son plaisir, il fit venir dans son lit sa collection de fourmis rouges. Quelle douleur ! Hurlement. Déchirement. Torture sensuelle. La mouche piquée au vif, défigurée, mortifiée. Elle bondit du lit, sortit nue comme un ver dans la rue.

Elle disparut définitivement. À jamais. Plus tard, on apprit qu'elle était devenue zoologue et zoophile. C'était cruel. Mais Augustin l'était, cruel.

Pour Raphaël, Clochette vivait l'amour en pointillé. Des espaces... Puis des traits. Avec Clélie et Zoé, l'amitié était en continu. Constante. Une ligne droite. Clélie vivait sur le mode jet set. Zoé sur le mode bourgeois. Zoé et Augustin, futurs complices avant même de l'avoir décidé. Clochette avait deviné. Elle les avait présentés puis laissés seuls.

Un jour, Zoé, de passage dans l'appartement d'Augustin, croisa le regard d'Alberto. Un brin dévié, voire totalement désaxé. Mais quel charme... Il était peintre. Son talent d'artiste, je ne sais pas. Son talent d'homme, oui, je sais. Ses modèles, des nus. Plutôt top models que laiderons à cinq pattes. Ils partirent tous les trois chez Zoé avec la certitude d'accomplir une belle connerie. La maman de Zoé recevait pour son bridge hebdomadaire. Deux tables de quatre personnes. Des petites, des grandes. Des minces, des grosses. Surtout des frustrées un peu revêches. Zoé les connaissait toutes depuis l'enfance. Elle en détestait une en particulier. Celle-ci était bête comme une chèvre. Elle n'avait pour elle que le vernis assorti à sa bonne éducation. Seul souci, le vernis s'écaillait. De jour en jour un peu plus. La vérité apparaissait dessous. Mesquinerie, petitesse et jalousie. Elle enviait tout et tout le monde. On l'entendait au loin faire « Bêê... » comme la chèvre de Monsieur Seguin.

Zoé en aimait une seule. C'était la femme-enfant version Nabokov. Légère, ingénue, parfois inconsistante. Souvent attendrissante. Dotée d'une curiosité suraiguë, son cou s'allongeait tel celui d'une girafe pour regarder le monde. On l'imaginait galopant dans la savane, les yeux figés vers le ciel.

Quant aux autres, une caricature d'oisiveté... Zoé proposa de préparer le thé. Elle y versa dix doses de champignons hallucinogènes *made in Amsterdam*.

Sa maman trouva le thé très bon et Alberto très beau. L'atmosphère devenait électrique. La tension montait d'un cran. Les âmes s'échappaient. Les corps se libéraient. Les fantasmes surgissaient. Augustin observait la scène, l'œil rieur et détaché. Zoé installait le décor tel Fellini. Sa maman, habituellement austère, bondit sur Alberto. Elle détacha sa ceinture d'un coup sec et lui arracha les boutons de son pantalon. Quant à la chèvre de Monsieur Seguin, elle sortit de son enclos. Se dévêtit. Et, oh fou rire, apparut en gaine lookée années soixante. Couleur beige et tissu rêche. L'attention qu'une femme porte à ce qui ne se voit pas révèle beaucoup d'elle-même. De son image de séductrice. La girafe, pour sa part, se montra voluptueuse en dessous de dentelle noire. Simple et sobre. Pas de couleurs. Pas de chichis. Sans faute de goût. Sans faute de grâce.

Ces dames décidèrent soudain de sonner en petite culotte dans toutes les maisons environnantes comme pendant Halloween pour demander des bonbons. Des bonbons contre quoi ? Version porno chic du « treat or tricks ». Certains voisins étaient atterrés. D'autres proposaient... La police fut appelée de toute urgence. Et ce petit monde disparut dans la maison d'un coup de baguette magique. Au moment où les poses avaient atteint le sommet du suggestif, Monsieur Zoé Père se planta dans l'entrée. Ce fut théâtral. Le temps était suspendu. Une minute de silence. Des corps à demi avachis autour d'Alberto trônant comme un pacha sur le canapé. Afin de rajouter un peu de cachet à la scène, Zoé leur lançait toutes les fleurs des bouquets qu'elle avait pu trouver. Certaines piquaient et les râles s'accompagnaient de « ouille ». Le père, abasourdi, chancela. Zoé disparut avec Augustin, laissant Alberto entre ces mille et une griffes.

Oui, Zoé avait trouvé son double. Augustin. Ensemble, rien n'arrêtait ces deux-là. Clochette était heureuse de cette complicité entre frère d'adoption et sœur de cœur. Sûre de les contrôler un peu. Sûre de les avoir là, pour longtemps. C'était présomptueux.

Quand elle se trouvait en week-end à Trouville, elle souscrivait sans adhésion à certains us et coutumes. Pas pour faire plaisir à grand-père, trop lucide sur les codes, mais pour jouer avec eux. Et décoder. Tous les dimanches, la grande comédie ecclésiastique. Brigitte prenait un air dévot qui ne lui allait pas. Grand-père, inspiré, rêvait plus à ses notes qu'à Jésus sur la croix. Augustin, que Clochette avait invité, passait de la musique punk au Cantique des cantiques. Les gens se saluaient discrètement. Poliment. En silence. Tout se savait sur tous. Certains regards en disaient long. La famille au premier rang était un modèle du genre. Le père, prenant exemple sur les prêcheurs américains, était dans le « Faites ce que je dis et surtout ne faites pas ce que je fais ». Il était d'une intolérance extrême sur la pratique religieuse. On lui connaissait une maîtresse différente chaque mois. Quant à son épouse, elle parlait de générosité comme d'une seconde nature. Clochette la vit un jour shooter de rage dans les jambes d'un SDF. Celui-ci la gênait pour passer. Joli spectacle !

Clochette aimait beaucoup les églises, avant tout comme un lieu de partage. Elle riait nerveusement devant le tragique de certaines scènes. Quelques familles, même jeunes, étaient déjà la caricature d'une caricature. Même code vestimentaire, même mode d'expression, même blondeur rassurante. Quel dommage pour les vraies brunes ! Vouloir ressembler à un Monsieur quand on est encore un petit garçon. Jouer à l'homme pour s'émanciper. Le même prêtre qui avait dit quelques semaines auparavant « Laissez venir à moi les petits enfants » leur jetait à présent un regard sévère. Trop bruyants. Trop perturbateurs. L'émotion vient contredire la parole. L'acte vrai : il ne les aimait pas. L'acte concret : il les bousculait sans en avoir l'air. À la sortie, les contrastes dérapaient. M. Duchêne déclarait à M. Rollin : « Venez-vous chasser avec nous le week-end prochain ? » L'œil du clochard survolait la scène. L'air vide. Sans espoir. Mme Rollin lançait à Mme Duchêne : « C'est d'accord pour demain 13 heures à la piscine du Club Hippique. » On passait vite du « Je vous salue, Marie » à « Je vous salue, Mondains ». Clochette, souhaitant participer à cette fête collective de la bonne conscience, tendait au clochard un billet de vingt euros. Puis la foule s'éparpillait aux quatre coins de la ville, soulagée de pouvoir vivre tranquillement et sans sanction dans le péché.

Clochette n'était pas jalouse. « Trop orgueilleuse pour m'abaisser », pensait-elle. Pourtant, singulièrement possessive. Au sens charnel du terme. Au sens enfantin du mot. Comme quand un petit garçon serre très fort contre son cœur son jeu préféré en articulant « Il est à moi ». C'est une vilaine phrase, sans concession. Mais c'est un sentiment pardonnable. Ce ressenti était la preuve vivante de son grand amour. Et cela, elle ne l'avait jamais éprouvé avant. Elle était presque heureuse de se vivre ainsi. Raphaël, séduit et rassuré par cette possession. C'est souvent un sentiment partagé.

Un jour, Raphaël eut le tort de la faire douter. Il n'avait pas donné signe de vie depuis un mois et Clochette, trop fière pour saisir le téléphone afin d'entendre une explication sensée, s'était monté la tête. Elle résolut de coucher avec le premier venu. Sans même savoir si elle avait une vraie raison de se venger. Se venger de quoi ? Sans doute de rien. Elle préférait dégainer. Prendre le risque de faire souffrir sans raison pour ne pas souffrir elle-même. S'injecter une dose de morphine avant même que la douleur n'arrive.

Le défi. Ce soir, elle dînait avec des amis d'Augustin. « Rendez-vous à 20 h 30 », lui avait-il dit. Elle avait fouillé dans son armoire pour dénicher une tunique de soie noire ultracourte. Elle était belle. Éprouvée par le doute, elle paraissait ce soir très, très, très... vénéneuse. Comme une orchidée sauvage. Pas une beauté classique. Une beauté piquante. Animale. Trop affolante. En contradiction avec ses habitudes. Trop désirante tout de suite. Sa vengeance en tête. Elle s'était plaqué les cheveux en arrière. Son teint était pâle.

Ses yeux charbonneux invitaient au voyage. Bref, c'était trop évident. C'était l'allumage instantané sans que l'on arrive forcément à éteindre le feu. Oui, elle se ferait mal pour faire mal. Elle fit son entrée dans le restaurant à 20 h 30 précises. C'était remarqué et remarquable. Les regards braqués sur elle. Un nuage de garçons bondissant à sa disposition. La beauté est un privilège qu'il faut utiliser avec pragmatisme et parcimonie. Les amis d'Augustin s'animèrent d'un coup. Clochette songeait en souriant : « Je suis ce soir une bien jolie fée... » Rien n'est plus excitant qu'une femme froide dont on peut pourtant deviner qu'elle est promesse d'envolées. Très haut, très loin... Tous étaient subjugués. Mais aucun n'oserait car, un, ils savaient qu'elle aimait Raphaël, deux, l'intelligence couplée à la beauté fait perdre tout moyen à un homme. Il a la trouille. Charmé mais glacé.

Et pourtant, Clochette en avait repéré un. Elle écrivit sur un papier : « La femme orchidée, vous connaissez ? Ce soir ou jamais ! » Elle glissa ce mot dans la poche de son voisin. À la fin de la soirée, elle s'élança dans la rue, déçue et soulagée, pour dénicher un taxi. Elle avait dit à Augustin qu'elle rentrait seule pour réfléchir. Alors qu'elle était déjà loin du restaurant, une main la saisit par le cou : « Je suis le jardinier pour l'orchidée. Vous venez ? » Clochette le suivit dans sa voiture, sans crainte, déterminée à abîmer l'autre. Quelle tristesse ! Pourquoi tout ça ? Arrivée chez cet homme, elle pensa : « Raphaël, je t'aime. » Clochette était paralysée par ce trop grand amour. Peur de cette intensité. Peur d'être un jour moins aimée. Il fallait qu'elle arrête de casser de peur d'être cassée. Elle partit sans un regard pour ce pauvre type. Il n'avait même pas réussi à être l'alibi d'un soir. Clochette apprenait à apprivoiser ses émotions. Ce soir, elle avait réussi. Elle était heureuse. Elle avait enfin appelé Raphaël pour lui dire « Je crois que j'ai besoin de toi, c'est une urgence. » Raphaël accourut. Il n'attendait qu'elle. Un signe. Cette phrase. La vie est ainsi faite.

Raphaël, Clochette. Clochette, Raphaël. Un duel à la vie. Surtout à la vie. Un hymne à la douceur. Pourtant, Clochette se sentait guettée, épiée, traquée. Comme surveillée. Elle sentait cela d'instinct. On lui voulait du mal. Mais qui ? Cette sensation l'habitait, insoutenable. La pupille de son regard s'affolait comme l'aiguille d'une boussole. Son petit cœur battait très vite, comme compressé par une sculpture hostile de César. Qui lui voulait du mal ? La semaine précédente, elle était allée voir un médecin bizarre, spécialiste de l'insomnie. Il avait analysé longuement les cycles de son sommeil. Exténuée, elle s'était endormie dans son cabinet. Comme sous surveillance. Le regard de cet homme était malveillant. Elle avait pris très vite son ordonnance. Et avait disparu. Déroutée. On souhaitait peut-être lui voler ses rêves. Capturer ses émotions. Habiter sa sensibilité. La posséder. Ce viol était intolérable. De femme affirmée, alors que ses démons d'enfant surgissaient, elle était réduite en une seconde à l'état de petite fille. Une plaie insondable s'ouvrait. Béante. Incontrôlable. Son beau visage, inondé de larmes. Ses yeux, dévorés par le doute. Elle était en pâture. Prête à être mangée par le loup.

Non, il fallait vivre. Elle avait trop souffert. Elle briserait quiconque lui voulait du mal. Clochette partit se reposer à Trouville. Seule. Juste avec grand-père. Un merveilleux duo. Le vieil homme des Vents bleus, devinant sa tristesse, entreprit de la consoler à sa manière. Il joua du piano huit heures d'affilée. Sans jamais cesser. Des notes, des gammes, des sons ! La maison vibrait, vibrante. Une fumée symphonique sortait des murs pour s'éclipser dans la campagne normande.

Clochette tremblait. L'acte musical l'exorcisait. Elle reprenait sa force comme nourrie par les sons. Grand-père l'observait. Il la voyait retrouver son visage serein. Plus la musique claquait, violente, plus Clochette s'apaisait. Son regard vide se remplissait enfin. Elle savait que son ennemi caché, quel qu'il fût, perdrait la partie. « Grand-père, je vais te préparer du thé de Noël. » On était en avril. Mais ce thé épicé correspondait à leur humeur de l'instant. Elle s'assit à ses côtés. Et ils jouèrent ensemble. Elle, caressant le clavier, féminine. Lui, fouettant chaque note, masculin. Ils restèrent ainsi toute la nuit. Comme deux pensées distinctes qui pourtant se retrouvent à chaque détour. Le lendemain, aux aurores, Clochette déclara qu'elle avait faim. Grand-père savait que c'était le signe de son retour à la réalité. Elle avait surmonté ses démons. Il courut préparer un festin. Des montagnes de pancakes. Des pastilles de chocolat de toutes les couleurs. Des confitures à profusion. Et surtout le beurre salé de la ferme de Monsieur Seguin. Clochette dévora. Grand-père, attendri, la contemplait. La tempête était passée. La mer était calme.

« Mais où est Brigitte ? » dit soudain grand-père. La voix agitée se fit affolée. Clochette l'aida à fouiller chaque pièce de la maison. Elles étaient vides. Brigitte, la douce, la tendre, la cajolante, avait disparu. Si frêle, si transparente, et pourtant si présente... Où était-elle ? La tension montait, palpable à chaque soupir. Clochette appela la police sur-le-champ. Ils accoururent. Écoutèrent. Fouillèrent.

Brigitte fut retrouvée au pied de la falaise. Elle avait glissé. C'était absurde. Une mort sans histoire. C'est quand la vie s'arrête. Quand le souffle est coupé. Grand-père était au désespoir. On l'entendait hurler dans la nuit. Comme un animal sous la torture. De béquilles, Brigitte était devenue ses jambes. Puis une partie de lui-même. Un prolongement de son corps. Comment pourrait-il survivre à sa perte ? Clochette eut une idée fulgurante. Elle croyait en la réincarnation. Elle dit à son grand-père : « Quand on aime quelqu'un avec une telle intensité, la vie va au-delà de la mort. Elle est victorieuse. L'esprit de l'être chéri surgit, omniprésent. Il faut que nous redonnions corps à l'esprit de Brigitte. » Grand-père, encore choqué, esquissa pourtant un sourire. « D'accord pour ton idée, je te suis. » Clochette décida que Brigitte rendrait visite à un taxidermiste pour se faire embaumer. Elle vivrait à leurs côtés, malgré tout. Clochette lui attribua le don de l'immortalité. Les Vents bleus devinrent son cercueil. Les consignes données par Clochette étaient les suivantes : « Cette femme doit survivre, encore plus belle, encore plus vibrante, encore plus jeune. »

Grand-père s'était préparé, tel un jeune marié, pour aller chercher Brigitte. Quand il la vit, ensorcelante, il la serra dans ses bras comme avant l'amour. Le regard de Brigitte semblait lui répondre. Elle avait revêtu sa plus jolie robe. Elle était coiffée avec douceur. Ses cheveux respiraient. Grand-père la contemplait. Une larme presque invisible glissa sur la joue de Brigitte...

Ils rentrèrent tous les trois, liés pour toujours par les mêmes folies.

Retour à Paris.

Clochette avait retrouvé Raphaël l'espace d'une nuit. Pleine de fougue et de tendresse. Elle devait préparer avec Clélie et Zoé une soirée pour fêter les trois ans d'existence de Charlie's Angels. Deux cents invités triés sur le volet. Des capitaines d'entreprise. Des artistes. Des gens inconnus ou célèbres. Des gens normaux ou extraordinaires. Bref, toute une gamme de personnalités attachantes ou inintéressantes. Le lieu, une ancienne usine de chocolat dans le 11e arrondissement. Trente ans après, une odeur de cacao flottait encore dans les airs. Clochette avait choisi le thème de la fête foraine. Zoé et Clélie étaient déguisées en bohémiennes-diseuses de bonne aventure. Boules de cristal, pommes d'amour et barbe à papa. L'ambiance était colorée et pleine de charme. Un orchestre tzigane donnait une force nostalgique à l'ensemble. Clochette, dans son rôle de mondaine affirmée, avait préparé l'événement dans les moindres détails. Malgré la spontanéité apparente, tout était calculé. Maîtrisé. L'objectif, obtenir quinze nouveaux clients d'envergure. Sa silhouette chaloupait, chaloupant entre les tables. Les regards se languissaient, languissants. Alors qu'elle parlait d'opportunités de développement, les hommes pensaient « Quand viens-tu dîner avec moi ? » Heureusement, sa réputation n'était plus à faire. Aussi n'osait-on jamais aller plus loin.

Un spectacle était prévu à 22 h 30. Clochette et ses deux amies avaient rêvé sur le mode enfantin un conte philosophique joué par des petits de sept à treize ans. Le thème était la vertu du rire et de l'humour dans le monde des affaires. Clochette avait la conviction que l'on pouvait sortir de l'impossible par la gaieté. Résoudre des problèmes de réduction d'effectifs grâce à un optimisme lucide. Certains n'écoutaient plus. D'autres redemandaient du vin. Il est vrai qu'il était magnifique. D'autres encore reluquaient les ravissantes hôtesses sélectionnées avec soin par l'œil expert de Clochette.

La fin s'alluma. Au moment du salut final, la troupe d'enfants studieux se transforma en tornade sous les directives de Zoé. Elle leur avait remis des bombes en papier remplies de farine de toutes les couleurs. Ils les lancèrent en feu d'artifice. Ces flocons retombèrent comme de la neige colorée. Clochette, tel le Ravi des crèches provençales, ouvrait des yeux écarquillés. Elle s'amusait follement. Le décalage entre l'auditoire et le ton du spectacle était osé. Et pourtant réussi. Car tous ces gens sérieux avaient un cœur d'enfant. Qui demandait du rêve. Clochette songeait à Peter Pan. C'était son Raphaël. « Un petit GRAND », comme disent les enfants. Des lance-pierres projetaient des fleurs à profusion. Dans chaque fleur, un message. Pour que ces gens-là gardent le réalisme et la vérité de leur premier âge.

Zoé orchestrait. Dérapage incontrôlable. Elle avait donné des pétards aux enfants pour la scène finale. Un de ces pétards explosa sur la jambe d'un de ses clients. Vite. Rush à l'hôpital. Ce pauvre homme était la victime idéale depuis le jour de sa naissance. C'était comme ça, la vie.

Zoé, Augustin. Un duel amoureux. Un duel armé. Qui pouvait mal se terminer. Elle en était raide dingue. Lui, simplement raide. Ce déséquilibre pouvait se révéler dangereux. Ils s'aimèrent pendant douze mois avec intensité.

Le printemps : un amour naissant est toujours fragile. Il faut souffler pour l'attiser. Il faut le dorloter. On se découvre. On se connaît. On s'attache. On ne se détache pas encore.

L'été : la lumière. Le corps à corps. L'étincelle. La peau. L'odeur. Rien n'arrête les deux amants. C'est avant tout le plaisir physique. Car ces deux-là n'auront jamais la complicité de l'esprit. La gémellité de l'âme. Condition sine qua non pour qu'un amour dure. Pour que d'éphémère, il passe à immuable. « Elle, un peu trop pendue à ses basques », pensait Clochette. « Augustin étoufferait vite. » Le signe avant-coureur : Augustin disparaissait parfois des journées entières pour s'isoler dans sa planète à lui. Si l'amour astral avait vraiment été là, il aurait emmené Zoé avec lui pour compter les étoiles. Mais il préférait être seul pour cela.

L'automne : la brûlure. Celle qui malgré la douleur fait du bien. Ressentir le manque de l'autre donne l'impression d'être en vie. De vibrer. Zoé était physiquement rongée. Elle n'était plus la même. Son regard quémandait celui d'Augustin. Clochette ne tolérait pas qu'elle s'abaisse ainsi. Tout en adorant son frère, elle dit à son amie : « Va-t'en. Sauve-toi. Il ne t'aime plus. » Zoé se renferma encore un peu plus.

L'hiver : la fin. Zoé était ravagée. En souffrance. Elle n'arrivait pas à quitter un homme qui à présent la méprisait. Augustin rompit. Il était persuadé d'avoir reçu un sort de sa maman alors qu'il était encore dans son petit ventre : « Je ne sais aimer que sur douze mois. »

L'achèvement des quatre saisons sonne la fin de cet amour. Au-delà de cette période, l'amour est consumé. En vérité, Augustin était comme Clochette. Il quittait toujours de peur d'être quitté. Au fond, il était l'homme d'un seul amour. Être abandonné enfant laisse des traces de pas d'amour. Zoé se réfugia dans l'art. Elle se consola en pétrissant de ses mains irradiées une magnifique sculpture. Elle racontait l'histoire d'une femme carbonisée. La nature autour d'elle était dévastée. Pas d'arbres. Pas d'animaux. Pas d'humains. Absence de vie totale. Puis une poussière d'eau irrigua une microparticule du corps de cette femme. Un bourgeon. Une fleur. Enfin, un tronc de chêne solide et ancré. Zoé était guérie. Elle s'était retrouvée. De nouveau prête à être brûlée vive.

Quant à Clélie, les gondoles l'emmenaient au large. Loin, très loin. Son âme vibrait pour un prince vénitien. Elle était partie quelques jours avec la grand-tante de Clochette, toujours aussi fofolle. Un petit déjeuner à la terrasse du Bauer avait suffi pour dévier la ligne de son destin. Elle avait été bouleversée par la dégaine maladroite et élégante d'un jeune homme. Il était très beau. Il était aveugle. La vie ne donne jamais tout. Ce que l'on a d'un côté est repris tout aussitôt ailleurs. Il ne faut jamais croire au bonheur de celui qui possède. La face verso de son existence peut révéler une immense détresse.

Elle l'aida à s'asseoir. Sans aucune raison logique, il se raconta à elle. Elle imaginait sa douleur de ne pas voir. De ne pas contempler. La lagune, les belles femmes, les jolies choses. Il lui dit qu'il était l'homme le plus heureux du monde. Qu'il voyait tout ce qu'elle ne voyait pas. La douceur d'une peau, l'odeur d'un parfum de femme. Le bruit de la trattoria d'en bas. Le goût subtil des *parpadelle all'arrabiata*. Les vibrations d'un tableau de Canaletto. Le soyeux d'un tissu d'apparat. Le toucher d'une main de femme. Clélie l'aurait presque envié. Elle le suivit dans son palais sur le Grand Canal. S'installa le soir même. Cet amoureux du temps qui passe lui apprit le bonheur de vivre. Elle lui apportait les couleurs qu'il ne voyait pas. Elle décida d'apprendre à travailler la verrerie de Murano. Tous les matins, elle laissait son prince pour créer. Lui aimait entendre le pas glissant de sa princesse dans les escaliers. Malgré ce déséquilibre apparent, il menait la danse. Lui, le fort. Elle, la fragile. Il lui apportait son regard philosophal. Aussi précieux que la pierre. Clélie façonnait des objets avec une aspérité différente selon la couleur. Elle espérait simplement que, par le toucher, son prince devinerait si c'était bleu, violet ou bien rouge sang. Et ça marchait. Ces deux-là riaient beaucoup, signe d'une belle histoire. Elle voulait parcourir le monde à ses côtés. Lui préférait rester. À Venise, il était chez lui. Il ne dépendait pas d'elle. Il était libre de ses mouvements. Ici, il était le maître. Ailleurs, il deviendrait son infirme. Il ne voulait surtout pas cela. Aussi, Clélie choisit Venise comme point fixe. Elle rayonnait. Il était son soleil. Elle était sa lune. Elle resta longtemps.

Au même instant, Raphaël, dans sa voiture baptisée « Capitaine Crochet » par Clochette, rejoignait le plus vite possible son amoureuse. « Capitaine Crochet » car elle détestait les voitures. « Capitaine » : on devient vite l'esclave de ces engins-là. « Crochet » : sentiment de danger dans une telle carcasse d'acier. Raphaël observait une voiture accrochée à ses phares. Quand il accélérait, elle accélérait. Quand il ralentissait, elle restait collée à ses pneus. L'homme au volant, un drôle de physique. Son regard, même lointain, perçait la vitre de Raphaël. Comme des rayons X. Qui veulent posséder l'autre. Voler quelque chose. Mais quoi ? Raphaël, malgré son absence de crainte, était troublé. Il eut une pensée fugitive. Un pressentiment. « Et si un jour Clochette ne m'aimait plus ? » La vie n'aurait plus de couleurs. Les saveurs, plus de goût. Le temps, plus de rythme. Sans elle, le chaos, l'ennui, le désert sans même un cactus pour piquer comme elle savait le faire.

Tout à coup, ébloui, il tomba dans le fossé. Alarme. Rouge. Pompiers. Hôpital. Il ouvrit les yeux avec peine. Sa chambre, un tombeau. Son corps, une momie. Il ne ressentait rien. Il flottait dans l'air. Un blanc chimique l'aveuglait. Pas le blanc lumière qui irradie. Un blanc artificiel. Une silhouette s'approcha, se pencha sur lui. Il la reconnut. C'était l'homme dans la voiture derrière lui. Il sentait le danger. Mais, immobile, il n'y pouvait rien. Il ne comprenait pas. Que lui voulait cet homme ? Vêtu d'une blouse blanche, l'inconnu consultait son dossier médical. Tout à coup, la vie. Clochette accourut pour le couvrir de baisers. Elle ne savait rien faire normalement. Tout était décidément excessif chez cette créature venue d'ailleurs. Elle avait dévalisé les boutiques pour inonder de cadeaux le lit de Raphaël : une corbeille de fruits rares, une tarte aux pommes à la cannelle de la rue du Cherche-Midi, les livres qu'il vénérait, une boîte de réglisses et une couverture en cashmere parfumée à L'Heure Bleue. Pour que son empreinte à elle ne le quitte pas. Elle le couvrit d'attentions et de caresses. Tout à coup, elle se figea. Glacée. Avait-elle rêvé ? Elle avait vu clairement le visage de cet homme qui l'avait mise si mal à l'aise quelques semaines auparavant. Ce docteur contre les insomnies. Que faisait-il là ? Que lui voulait-il ? Que voulait-il à Raphaël ? Pour ne pas affoler l'être aimé, elle garda ses questions pour elle. Et tenta d'oublier.

Pour se reposer, ils s'isolèrent chez grand-père. Clochette était triste. Elle savait qu'il n'y avait rien à y faire. Si ce n'est souhaiter qu'un ange passe. Comme Raphaël. En réalité et à présent, elle voulait plus de lui.

Mais elle s'était promis de ne rien demander : l'amour est un acte libre où l'exigence vis-à-vis de l'autre est à bannir. En outre, elle était terriblement orgueilleuse. Raphaël devait comprendre. Dans ces moments-là, ses *non* étaient des *oui* et ses *oui* voulaient dire *non*. C'est compliqué une femme. Surtout quand elle doute. Clochette imagina de lui tendre un piège. Pour savoir à quel point il l'aimait. Elle prit des papiers. Sur chacun d'entre eux, elle dessina une idée exprimant ce qu'elle ressentait au plus profond d'elle-même. C'était comme un rébus magique. Dans le désordre. Seul celui qui résoudrait l'énigme aurait la clé. Puis, tel le Petit Poucet, elle sema ces papiers dans toute la maison. Autant dire que la mission se révélait délicate, mais c'était mal connaître la ténacité toute en fantaisie de Raphaël. Puis elle alla bouder dans la mansarde jaune poussin tout en haut dans la maison. Comme disait grand-père, « Va bouder dans ton boudoir. »

Raphaël prit le premier papier qu'il trouva. Elle avait dessiné une grande maison blanche. Deux lits séparés dans deux chambres distinctes. Et un long bras immense, sans fin, qui partait du premier lit pour s'enrouler autour du corps allongé dans le deuxième lit. En continuant sa recherche, Raphaël découvrit dans la bouche d'une poupée le deuxième papier. Une planète ronde. Deux êtres séparés par un continent. La jeune femme, le visage souriant mais le cœur en détresse. Le jeune homme, une vraie dégaine, un regard séduisant, lui envoyait des fleurs blanches. Raphaël, perplexe, cherchait le sens de cette quête. Un troisième papier dans une fleur à peine éclose. Une belle jeune femme voulait dire... Mais elle n'arrivait pas à parler. Sa bouche était cousue de fil blanc. Comme censurée. Elle regardait le jeune homme d'un air attendri. Enfin, le dernier papier était caché dans la cheminée. Entre deux bûches. La même jeune femme à la bouche close sous la douceur des caresses du jeune homme arrivait enfin à parler. Il fallait être d'une patience infinie et d'une tendresse immense pour arriver à ses fins. Pour arriver à Clochette.

Il ne laisserait pas l'homme aux lunettes, réel ou imaginaire, l'empêcher d'être heureux. Il avait compris. Il voulait gagner cette chasse. Et prendre le trésor. Pour lui tout seul. Il grimpa quatre à quatre les marches de l'escalier. Pressé et conquérant. Quand il vit Clochette recroquevillée dans un coin de la pièce, il saisit sa main frêle et ses longs doigts fins. Pour l'attirer contre lui. Il savait sur elle la vertu des câlins. Et le peu d'impact d'un discours inutile. Tandis qu'il la caressait de ses grands yeux noirs, il murmura : « J'ai compris. Toi et moi ensemble, dans une grande maison. Tout, tout de suite ou rien, jamais. » L'éclat de ses yeux lui disait *oui*. Doucement, elle chuchota : « Toi et moi ensemble, sous un même toit. Mais pas en fusion. Juste en liaison. » Raphaël sourit. Contemplatif. Il la connaissait par cœur. Il adorait jusqu'à ses moindres défauts. Sa belle orgueilleuse aurait pu lui parler d'emblée. Mais ç'aurait été trop simple. Elle lui dit : « Il faut nous inventer un quotidien pour nous. Toi et tes escapades. Moi et les miennes. Des passions distinctes. Une passion conjointe. Surtout du courage. Se dire quand on en a assez. Exprimer l'absence d'envie de l'autre. Quitter quand on n'aime plus pour ne jamais abîmer l'histoire. Es-tu d'accord, Raphaël ? » Il avait intérêt à dire oui. Il l'attira dans ses bras. Ils firent l'amour pendant trois jours pour sceller cet accord.

Grand-père, compréhensif, redoubla d'activité afin de ne pas les déranger. Puis, à la fin du troisième jour, il prit l'initiative d'aller les voir. Il frappa. « Je m'ennuie de vous. Je ne peux plus être tout seul à mon grand âge ! » Il prit un air farceur et leur dit : « Suivez-moi. J'ai quelque chose à vous montrer. » Il les entraîna dans le jardin. Il avait planté cinquante-huit petits arbres pour célébrer leur bonheur : vingt-huit d'un côté, comme l'âge de Clochette. C'étaient des cerisiers, son arbre préféré. Trente de l'autre, comme l'âge de Raphaël. C'étaient des noyers ; grand-père trouvait cet arbre chargé de force. Ils éclatèrent de rire tous les trois. Raphaël pensait : « Comment trouver le temps long quand il est aussi poétique ? »

Ces deux êtres à l'allure jumelle s'éloignèrent pour Paris. Dans la voiture de Raphaël. Peinte en bleu par Clochette.

Sept jours plus tard, retour à Trouville. Terre originelle. Mère fertile. Raphaël et Clochette avaient pris une décision grave et gaie. « Grand-père, Raphaël souhaite te parler. » Ils s'isolèrent de longues heures.

Ces deux-là s'aimaient. Pour leurs ressemblances. Et leurs différences.

« Grand-père, je veux épouser Clochette. »

« J'aime sa douceur, sa fragilité, sa violence et ses extrêmes. »

« J'aime la vie avec elle. »

« Je n'aime plus la vie sans elle. »

« J'aime son regard, ses mains et sa sensualité. »

« J'aime son histoire, sa renaissance, sa capacité à s'émerveiller de tout. »

« J'aime les couleurs qu'elle voit, les odeurs qu'elle ressent, j'aime vibrer et ressentir à ses côtés. »

« Je me sens vivant de son don pour la vie. »

« J'aime par elle, à travers elle, et en elle. »

Grand-père écoutait.

Attentif et attendri. Raphaël lui rappelait l'élan de sa jeunesse. Il en connaissait la force et les pièges. Il découvrirait cela avec le temps, pensait-il. Ils revinrent vers Clochette. Comme deux vieux complices. On ne sut jamais quelle fut la réponse de grand-père à cette déclaration amoureuse. Il dit simplement à Clochette : « Prends soin de cet homme qui t'aime vraiment. C'est si rare. »

Ils choisirent de s'unir dans la petite église de campagne à côté de la maison. Elle était accrochée à une falaise. Le prêtre était totalement déjanté. Il y avait là promesse de drôlerie et de fête baroque.

Le 21 décembre 2000. Un mariage. Un ciel bleu pétard. En explosion.

Clochette s'était habillée comme la fée du Pays des enfants perdus. Même robe mais en blanc. Elle était ravissante. De fausses rondeurs et de la grâce. Le bon mot donné à chacun des invités : « Déguisez-vous comme le personnage que vous auriez aimé posséder quelques heures. » Raphaël avait revêtu ses habits d'ange. Androgyne ou asexué ? Il était sublime. Protecteur et enveloppant. Doux et violent. Sucré et salé. L'inverse et son contraire en l'espace d'une minute. À sa simple vue, Clochette avait envie. Un goût acharné de vivre au bout des lèvres : fugitif et intense.

Grand-père, en Peter Pan, était révélé à lui-même. « Je suis la jeunesse et la joie. Je veux rester un enfant pour pouvoir jouer. À jamais. » Clélie, en Peau d'Âne, était somptueuse de dignité : un soupçon de tristesse et un brin de charme. Un jour, son prince viendrait... Le papa de Clochette était à contre-emploi. C'était Stendhal.

Augustin, magnifique, portait l'âme de Musset. Comme lui, aspiré par un idéal de pureté, il s'abandonnait au vice, au désespoir et aux plaisirs. Son ami, en Cocteau, exprimait surtout une forme de perversité raffinée : « Je suis un mensonge qui dit toujours la vérité. » Il n'en existe jamais qu'une.

Quant à Zoé, elle incarnait George Sand. Indépendante et libre. Illustration de la maîtresse. Surtout pas la légitime. Cela lui ferait insulte. Enfin, le prêtre incarnait Dalí et son rapport sombre à l'argent : « Avida Dollars, avida Jésus » ; « J'aime les dollars, j'aime Jésus. »

« Raphaël, Clochette. Clochette, Raphaël. »

« Vous êtes unis par les liens du mariage. »

« Pour le meilleur exclusivement, pour le meilleur car il n'y aura jamais de pire. »

La fête se déroula pendant trois jours et trois nuits...

Alice

Son visage se recroquevillait. Alice ne parvenait pas à trouver le sommeil, sa silhouette blottie dans le creux de son grand homme. Elle, d'humeur si joyeuse pour tous les cadeaux que la vie offrait, avait un compte à rebours étrange fixé à l'esprit. Elle sentait une montre résonner dans sa tête. Quelques heures en moins, des minutes d'éternité puis des secondes affamées qui mangent les instants afin qu'ils s'échappent au plus vite.

Comme si son bonheur était compté. Perdrait-elle son travail ? Elle, la petite scénariste devenue grande. Elle avait mis du temps à construire ce renom de paillettes qui deviendrait de toute façon poussière. Elle avait mis du temps à acquérir son bel appartement qu'elle avait redessiné avec tendresse pour lui rendre sa simplicité. Soudain, son regard se bloqua droit devant comme un corps lourd, violemment plié en deux.

Et si c'était lui qu'on lui volait ? Cet homme répondant au juste nom de Matthieu. Dans le clair de la pleine lune, elle observait ses traits réguliers marquant la constance de son caractère, jamais pris en défaut de ne pas savoir aimer la femme qu'il avait choisie trois ans auparavant. Matthieu, à qui tout souriait depuis ses premiers pas. Enfant adoré comme la vie en général en choyait dix. Un parfum d'amour si entêtant que son sillage respirait le trop gâté. Pour rendre ce plein, il ne cessait de tendre la main vers les autres. Et surtout vers elle. Il la protégeait. Il la rassurait. Il la cajolait. « Presque trop, pensait-on. Un jour, elle étoufferait de reconnaissance. » Mais Alice était heureuse. Elle le contemplait, admirative. Avec un air de petite fille de trente-huit ans.

Trop remplie d'affection pour grandir complètement. Matthieu, metteur en scène confirmé, s'envolait le lendemain pour un repérage en Afrique du Sud. La lumière de cet endroit donnait une magie à l'image. Il souhaitait cette empreinte pour son prochain film. Il parlait de son projet avec passion et emportement. Elle se glissa hors du lit avec douceur afin de ne pas le réveiller. Délicatement, elle déposa un baiser sur ses lèvres. Il ouvrit les yeux. Il l'enserra. Elle bascula dans les draps, soumise et languissante, sa jolie voix tintant dans un grand éclat de rire vers cet homme léger.

Au petit matin alors que la ville s'éveillait à peine, Alice déambulait dans un pyjama trop large pour sa frêle silhouette. Elle s'approcha de la glace, tout intimidée par le miroir de la vérité. Son reflet renvoyait toujours et inlassablement un ventre plat que ces quatre mois de vie intérieure n'avaient pas altéré. Elle chercha l'angle le plus avantageux pour sentir frémir, à défaut de le voir, ce petit animal curieux qui dormait, mangeait et bougeait au centre d'elle-même comme s'il habitait pour neuf mois la plus charmante « pensione » d'Italie. Soudain, elle imagina son ventre comme une minuscule maison à étages. Elle ferma les yeux et vit un drôle de petit homme, de la taille d'un pouce, un bonnet de laine bleue sur sa tête chauve, le rond de son corps directement relié à un long tuyau le nourrissant en continu pour qu'il s'épanouisse dans la sérénité la plus absolue. Cette micropuce, ce bonhomme de rien circulait de la cave au grenier et à la chambre à coucher où il s'écroulait enfin, rassasié et heureux dans des draps de fleurs. Elle le voyait danser devant des éclats d'éclairs au chocolat. Il boudait face au coulis de carottes. Pleurait à la vue des endives en salade et ronronnait de plaisir en avalant des cascades de caramel mou. Elle l'inventait gourmand et rose de bonheur. Sûrement, rêvant de la sorte son caractère et ses traits, son enfant apparaîtrait ainsi dans quelques mois, dans la vraie vie. Amoureuse d'Alain Delon dans *Le Guépard*, elle savait que son fils serait brun aux yeux bleus avec le charme ravageur d'un grand séducteur. Sauf que Matthieu était roux aux yeux verts et elle, blonde aux yeux d'or. Les chances que lui offrait la génétique étaient donc infimes. Microscopiques. Mais avec sa force mentale, elle sentait qu'un petit Alain en puissance pourrait naître de cette maison cossue. Quand un bruit tonnait, elle le voyait menant des travaux de rénovation ou de décoration d'intérieur. Quand une vague plissait sa peau, elle le savait en maillot baigneur des temps anciens, nageant d'aise une brasse coulée. Elle était intriguée d'attendre un garçon, n'ayant jamais rien compris à la race des hommes...

« Ma chérie, encore dans tes nuages à repenser le monde... » Matthieu l'enlaçait d'un bras conquérant. Sa main caressante frôlait son ventre. Déjà si fier de son futur enfant. Pas l'orgueil de se savoir un héritier. Juste l'immense étonnement d'avoir réussi à créer le miracle d'une vie. Elle admettait peu d'être dérangée dans ses rêveries. Même par lui. Ces moments magiques, loin du temps des autres, lui faisaient voir les choses joliment. Certains la prétendaient à l'ouest la moitié du temps. Elle répondait plutôt qu'elle était au sud. Dans un pays chaud et coloré. Elle promenait un air doux et un sourire énigmatique dans ces instants-là. Elle se dirigea vers la cuisine pour préparer un café à l'italienne, ce qui lui donnerait le temps de revenir au monde réel. Le dimanche matin, elle savourait les petits déjeuners avec Matthieu. Elle s'attardait à la gourmandise et à la palabre. Elle installait comme des quilles dans une fête foraine les pots de confitures les plus singulières. Elle les choisissait avec soin dans une boutique de son choix où les noms enchanteurs mettaient déjà l'eau à la bouche. En vraie terrienne, elle dévorait le pain à la mie lourde et compacte alors que Matthieu témoignait un profond désintérêt face à toutes ces délicatesses. Seule la robustesse d'un vrai café le mettait sur pied ainsi que le flot continu des paroles d'Alice qui, déclarant qu'elle était « du matin », n'arrêtait pas une seule seconde. Épuisante mais charmante.

Matthieu, attablé devant une pile de journaux, s'éveillait lentement alors que sa femme, vrombissante comme une voiture de course, donnait son avis, un brin péremptoire, sur tous les débats de société. Des idées généreuses, souvent alambiquées, qui auraient mis un État en faillite après trois mois de ce régime-là. Il se moquait d'elle avec gentillesse, elle lui répondait que les idéaux donnaient l'espoir. Et parfois sauvaient le monde. Son sens de l'absolu l'avait séduit dès leur première rencontre et continuait de l'attendrir profondément. Il reconnaissait que, parmi ses idées loufoques, certaines pouvaient contribuer à changer les fausses fatalités. Il souriait face à son visage animé, ses cheveux en mouvement et tout son corps tendu par la conviction de ses propos. Cette femme était vivante des pieds à la tête et il l'aimait pour cela.

Après une journée de flemme et de paresse, Matthieu prépara sa valise. Comme à son habitude, il entassa une pile de vêtements froissés sans logique ni préoccupation esthétique. De toute façon, Alice n'avait jamais trouvé attirants les hommes trop apprêtés. Alors, sa coquetterie à lui était de ne pas trop en faire. En son absence, elle se réfugiait dans son bureau et passait des journées entières à écrire, sans notion du temps. Un jour, Matthieu était revenu d'une semaine de voyage. Il l'avait découverte endormie à 3 heures de l'après-midi, un crayon à la main. Elle avait peuplé des cahiers entiers de ses lignes exubérantes. Une écriture enfantine et colorée. Elle en avait un peu honte car elle avait peur de ne pas être prise au sérieux.

Elle avait eu une vision étrange. Encerclée de marionnettes noir ébène scandant des cris de bébé, elle s'était vue accouchant avec force détails, comme au cinéma grand écran, d'un jeune homme d'une vingtaine d'années déjà tout habillé. Elle s'était délivrée dans une immense clairière entourée de cette foule africaine joyeuse et régénérante, pensant tout à coup tapisser le monde de ses rêves étranges et vibrants. L'enfant, malgré sa taille, avait gardé une peau de nourrisson rose et pleine. Gorgée de sève et de larmes. Elle l'avait vu soudain se recouvrir de sanglots incessants. Puis fondre sous ce torrent. Se noyer. Et disparaître.

Vers 17 heures, Matthieu frappa à la porte de son bureau et lui dit d'une voix douce à travers la porte : « Mon ange, je crois qu'il faut y aller. » Il n'entrait jamais sans qu'elle le lui ait proposé, trop respectueux de son monde à elle, trop épris de sa liberté de femme moderne. Elle enfila à la hâte un gros pull-over et prit les clés de sa voiture. En route pour l'aéroport. Comme elle savait les hommes souvent dénués d'imagination pour le faire-plaisir, elle avait appris à demander. « J'aimerais tellement que tu me rapportes un vase zoulou. On m'a parlé d'un lieu dont j'ai perdu le nom, où un vieil homme aux yeux mordorés en vend de magnifiques... » Matthieu pensait déjà à tout autre chose. Il travaillait, dans son esprit à vif, les plans de sa première scène. Il savait que l'attendait sur place Ernest, son fidèle bras droit. Un hélicoptère devait les emmener dès l'atterrissage. Il vivait chacun de ses films comme une nouvelle histoire d'amour. C'était un moment délicat de la vie à deux. Avec Alice, c'était du Sans-Souci car elle était faite de la même veine. Aussi, c'était curieux de les voir ensemble, côte à côte dans un ailleurs qui n'appartenait qu'à eux. Si on les avait fait figurer dans une bande dessinée, les bulles des mots auraient révélé la contradiction de leurs mains enlacées et de leurs pensées intenses. Ils se savaient ainsi, liés mais libres.

Elle le déposa rapidement, pour éviter le ridicule et l'impudeur des effusions. Un coup d'œil vers sa grande silhouette lui fit enfler le cœur.

Elle rentra chez elle, joyeuse d'être seule. Avant, elle s'attarda chez son fleuriste afin de choisir des brassées de fleurs blanches dont l'odeur entêtante inonderait la maisonnée. Une fois dans son appartement, elle s'endormit apaisée, la main posée sur son miracle intérieur...

Le lendemain tard, alors qu'elle émergeait en douceur, un concert de sonneries la fit sursauter. Elle décrocha pour prendre la ligne. La dernière petite amie en date d'Ernest hurlait dans le téléphone des sons inaudibles. Comme si brusquement son intelligence, sous le choc, s'était déconnectée de toute logique verbale. Alice ne comprenait pas ce débit accéléré. En revanche, elle sentit son corps sur-réagir. Ses jambes paralysées, ses doigts glacés, sa voix métallique, sa bouche sèche. Et sa vision embrumée qui ne décelait plus les contours. Elle avait compris dans sa chair, avant même de saisir les mots que criait la voix féminine au téléphone. « Ernest et Matthieu sont morts en hélicoptère. Écrasés à flanc de rochers. Corps déchiquetés... »

Elle n'entendait plus. Son cœur de chair volait en éclats. Ses particules infimes étaient devenues cristal. Se recoller prendrait du temps. Se renforcer prendrait peut-être une vie. Elle ressentait son désastre intimement. Dans son ventre, le petit homme grand comme trois pouces, avec son bonnet bleu, était devenu transparent. Sa peau avait fondu pour laisser apparaître la fragilité de ses os minuscules. Sa tête était à présent recouverte d'immenses cheveux roux comme ceux de son papa envolé. Comme si, pas encore sur la Terre, il devait prendre la place de l'absent. La jolie maison imaginée par sa maman avait été détruite dans la nuit par une tempête venue d'Afrique du Sud. Les couleurs avaient disparu, effacées par le vent. Le froid soufflait et le petit bonhomme tremblait. Pas encore né, il portait déjà une histoire. Un sac rempli de gros cailloux sur son dos courbé. Petit Poucet de naissance, il allait semer à chaque virage de son chemin de vie ces pierres trop lourdes pour pouvoir repartir un jour, le sac vide et léger. Animé d'une volonté enfantine, il peinturlurait déjà la maison afin que sa maman reprenne de la force. Il fabriquait des petits meubles à la mesure des jambes de sa bien-aimée. « Maman, je serai un enfant parfait pour te faire oublier. C'est promis, je serai grand et fort, très vite. » Alice sentait l'écho de cette petite voix. Il faudrait être solide et se redresser, même si l'exercice était périlleux.

Souhaitant renvoyer le chagrin loin de chez elle, Alice ne laissa couler ses larmes qu'un bref instant. À peine les cendres de Matthieu dispersées au cœur de Paris comme il l'avait souhaité de son vivant, Alice résolut de déménager pour un endroit sans souvenirs. Il était sage de savoir où l'on mettait les pieds, pensait-elle. Les lieux étaient toujours hantés par le bonheur ou la douleur. Les extrêmes, comme si chaque être vivait dans la même intensité. Matthieu lui avait pourtant expliqué de nombreuses fois que l'existence n'était pas faite que de ces pics si hauts et de ces courbes si basses. Ce pouvait être simplement une jolie ligne ondulante et sans doute équilibrée.

Elle était là maintenant, à bombarder de questions la propriétaire de l'appartement qu'elle désirait acquérir. Elle aurait pu passer pour allumée sans ce charme indéfinissable. Assise en face de la dame, son enquête se faisait si indiscrète et si directe que l'autre n'avait pas le temps d'être choquée. Alice imagina soudain cette femme dans son joli canapé fleuri et désuet, ses enfants blottis contre elle comme collés pour de vrai. Leurs cheveux d'ange étaient à présent mêlés à la chair de ses épaules. Leurs petits corps frêles prenaient des allures de guimauve, se fondant dans l'empreinte maternelle. C'était comme si de trois entités distinctes Alice ne discernait plus, soudain, qu'une seule masse compacte et rassurante. Un grand tas de Barbapapas géants. Elle vit même la silhouette immense se déplacer d'un bloc, affrontant le monde, unie et invincible. Elle se dit alors que cette femme était très belle. À présent persuadée que son endroit était le sien, elle se décida. Elle avait été séduite par cette étrange cour circulaire baignée de lumière au centre de l'immeuble.

Son ventre, resté plat depuis la mort de Matthieu comme pour vivre son propre deuil, s'arrondit en quelques jours, de façon affirmée. Comme si l'enfant voulait lui dire : « Bientôt je quitte ma maison rafistolée pour cet endroit bien à nous. » Alors Alice prépara avec ardeur l'arrivée de son poussin. Après avoir lavé méticuleusement l'endroit, elle, si à peu près sur les choses du rangement, courut d'un coin à l'autre de l'appartement pour que tout soit parfait. Elle poussa même le rêve jusqu'à lui peindre une chambre jaune ; au-dessus du couffin, elle colla à la main, avec une patience amoureuse, des plumes d'oisillons, prenant à la lettre le mot « nidification ». Afin de répondre à toutes les possibles urgences, elle se fit livrer cent boîtes de lait maternel premier âge, cent vingt-trois bouteilles d'eau minérale et soixante-deux paquets de couches. Ce qui fit croire au magasinier que ces multiples cartons étaient destinés à une maternité. Arrivé sur les lieux, il dévisagea la frêle Parisienne, se demandant, ahuri, où se cachaient les autres.

Le concierge de l'immeuble, monsieur Dupont, sonna à la porte, le courrier d'Alice à la main. Elle l'accueillit tout émue. « Désolée de vous demander cela mais il faut y aller. Vite. L'enfant arrive. » Elle lui tendit sans écouter la réponse les clés de sa voiture. Monsieur Dupont avait attendu plus de cinquante ans avant de faire sa première rencontre sérieuse avec une femme de quarante-cinq ans, afin d'être sûr de ne jamais être père. Il prit les clés, hagard, se demandant pourquoi c'était tombé sur lui. Devait-il prendre la fuite ou se comporter en héros des temps modernes ? Alice, sentant chez son interlocuteur un doute introspectif, le prit par le bras et le poussa jusque devant le volant.

Alice respirait et soufflait comme la sage-femme le lui avait appris. L'homme tremblait des pieds à la tête, laissant l'engin tousser à chaque coin de rue ; les yeux ronds et vides, il contemplait les voitures et les piétons au lieu de regarder la route. Ce qui devait arriver arriva... Alors qu'il s'approchait d'un passage clouté, il dut freiner d'un coup sec, n'ayant pas vu la petite dame et son chariot. Alice ressentit une douleur si forte qu'elle lui planta ses ongles dans l'avant-bras. L'homme hurla, incapable de s'arrêter. Alice plongea son regard dans le sien, lui dit d'un ton solennel : « Monsieur Dupont, regardez-moi droit dans les yeux », et lui donna une gifle pour le calmer.

Une fois arrivés à la maternité, le concierge s'évapora comme par enchantement, trop affolé à l'idée d'être pris pour le père. Alice, souriante, était en pleine maîtrise d'elle-même. L'enfant apparut en une heure vingt-trois minutes cinquante-sept secondes. Juste le temps de souffrir légèrement. À court d'idées pour le prénom, Alice choisit de l'appeler Paul en l'honneur de monsieur Dupont, l'homme grâce à qui son enfant n'était pas né dans une voiture.

Paul arriva dans la vie d'Alice un soir d'été à 21 h 23, heure à laquelle son papa avait quitté le monde, comme pour conjurer le mauvais sort et provoquer le destin. Alice était tout à la fois fière et un peu mélancolique. Son bébé blotti dans ses bras caressait des lèvres le bout de son sein gonflé de lait. Alice pensait au père de son enfant. Elle le rêvait au paradis, endormi sur un nuage, taquiné par quelques diablotins à la fourche pointue et vengeresse. Ils l'avaient poursuivi afin qu'il n'oublie pas toutes les bêtises accomplies sur la terre. Dans sa vision, Matthieu, comme à son habitude, était empreint de sérénité. Il la protégeait de tout là-haut.

De son regard tendre...

Elle scrutait le visage de son petit garçon. À qui ressemblait-il ? à Matthieu ? à elle, petite fille ? Elle renonça à s'interroger, songeant qu'il ne ressemblait qu'à lui-même. Son teint très pâle était mis en valeur par sa chevelure rousse. Et ses yeux clairs laissaient présager qu'ils seraient verts ou bleus. Paul la dévisagea soudain avec un air de petit vieux qui a déjà vécu cinq vies. Elle sentait chez lui une maturité particulière. Sa présence occupait l'espace bien qu'il demeurât silencieux. C'était presque inquiétant. Alice, alarmée, demanda la visite du pédiatre afin qu'une multitude de tests soient effectués. Ceux-ci révélèrent un bébé sans faille apparente. Tandis qu'elle s'émerveillait sur ses pieds parfaits, le sourire de Paul ensoleillait la pièce. Ce bébé était heureux d'être arrivé sur la Terre promise, même sans Matthieu pour l'accompagner. Soudain, une infirmière à la voix aiguë pénétra dans la chambre et investit les lieux. Observant le petit homme, elle semblait s'incruster tel un pou dans la chevelure orange. « Maman, cette femme est fort laide. » Alice sursauta. L'infirmière, agressive, aboya : « Qui a parlé ? » Alice lui répondit, gênée : « Madame, je vous prie de bien vouloir m'excuser mais personne n'a rien dit. Mon enfant ne saurait construire une telle phrase. Quant à moi, j'avais la bouche fermée. » « Madame, j'insiste, vous êtes fort laide ! » L'infirmière bondit près du berceau. Sa pensée rationnelle lui indiquait que cela ne pouvait être ce nourrisson. Elle conclut donc qu'elle était fatiguée et qu'il était temps de rentrer chez elle. D'un pas lourd et décidé, elle s'éloigna un peu froidement et quitta la chambre. Alice, intriguée, prit son petit homme dans ses bras et le berça. Il commençait à s'agiter et devait avoir à nouveau faim. L'émotion de ces derniers jours l'avait probablement fait rêver. Paul savait-il déjà parler ? Quelle étonnante fin de journée. Le bébé s'assoupit contre son sein, laissant ces questions sans réponses. Et Alice, épuisée, s'endormit en murmurant le nom de l'homme absent et tant aimé...

Elle plongea alors dans cette vision un peu folle. Une ronde de bébés précoces en couche-culotte sautillaient et sifflotaient avec gaieté. Ils étaient étrangement poilus, décalage évident entre leur corps et leur esprit. L'un récitait du Sartre. Le deuxième rythmait des poèmes de Verlaine. Le troisième s'acharnait sur sa harpe. Le dernier virevoltait, son violon vissé au ventre. Alice émergea de ce flot d'images bizarres en se demandant quel serait le destin de son curieux petit homme.

De retour dans l'appartement, elle déposa d'un geste délicat le petit Paul dans son nid de plumes et lui chanta à tue-tête des airs d'Aznavour. Le pays des merveilles était celui de Paul et d'Alice. Elle avait décidé de lui inventer un monde joyeux même sans papa. Il riait, enfantin, de toutes ses barbes de philosophe. Monsieur Dupont se décida à tendre le cou vers le joli duo afin de rompre un tête-à-tête qu'il jugeait subversif. Il avait longuement hésité, terrorisé par son aller simple à la maternité, jugeant la femme hystérique et dangereuse. Curieusement pourtant, il s'attribuait une part de la réussite de cette naissance : il était arrivé à temps et qualifiait son rôle de majeur dans cette aventure humaine. S'étant déjà lassé de son aigrie à domicile, il se laissa charmer par les extraterrestres du cinquième étage. Alice, habituée maintenant à sa présence, l'avait nommé « chef de cabinet » pour se moquer de cette appellation d'homme. Et monsieur Dupont, revigoré par cette promotion, irradiait d'une gloire nouvelle. Il déambulait dans l'escalier, sa description de fonction à la main. Alice lui avait tendu ce papier, l'air faussement sérieux, lui expliquant ce qu'elle attendait de lui. En réalité elle avait décelé chez cet homme bon un abîme d'absence de confiance en lui et dans le monde. Lui permettre de se rendre utile les aiderait l'un et l'autre. À l'annonce de cette nomination, le petit bébé applaudit des deux pieds, le regard taquin et enjoué, devinant un nouveau camarade de jeu corvéable à merci.

Mais Alice, malgré sa gaieté apparente, ramassait toujours les mille éclats éparpillés de son cœur. Pour qu'il batte de nouveau, même cristallin. Et celui de Paul dormait, habité par un froid glacial dans un monde sans papa. Elle se figurait le cœur de l'enfant emmuré par un lierre si vivace qu'il tuait toutes les idées « supercalifragilistiques » du monde des bébés à quatre pattes. Débordée par ses activités de maman, elle avait délaissé son travail. Elle essayait néanmoins de garder quelques contacts pour s'échapper parfois de cet univers clos et faire vivre le petit Paul dans des conditions matérielles acceptables. Elle planifiait ses semaines ainsi, les unes après les autres, afin de s'assurer des plongées professionnelles bénéfiques.

On sonna à la porte avec insistance. La visiteuse répondait à l'annonce qu'Alice avait déposée dans tous les magasins du quartier. Sabine cherchait une échappatoire à son existence chez papa-maman, scandant par son allure désinvolte son slogan personnel : « En faire le moins... » Elle avait si peur de sa détresse intérieure qu'elle paraissait marcher à côté d'elle-même. En un coup d'œil, Alice décela son oiseau rare. Sous son mascara quatre-couches et son fond de teint couvre-boutons, Sabine était ravissante de gentillesse et de timidité. Alice lui dit, souriante : « Entrez, Mademoiselle, ce travail est pour vous. On commence demain si cela vous convient. » Le petit Paul avait grandi. Il allait fêter ses trois ans, tout réjoui de sa première rentrée des classes accompagné par Sabine. Cela le changerait de ses après-midi au parc avec monsieur Dupont courant après des papillons imaginaires. Au nom des précieux services rendus par le gardien et afin qu'il ne souffre pas de l'arrivée de Sabine, celui-ci fut nommé hôte d'honneur à vie de la petite famille. Il fut décidé qu'il viendrait tous les dimanches, jour de repos de Sabine, passer la journée avec l'enfant et la mère. Alors que le cœur d'Alice tentait de se recoller, celui de Paul poussait par soubresauts, quand le lierre s'écartait grâce aux déferlantes amoureuses de sa maman et de la jeune fille. Pour ne pas éveiller les soupçons de monsieur Dupont, l'enfant s'était bien gardé de prononcer le moindre mot recherché en sa présence. Sa maman l'avait averti : « Trop de bizarreries risqueraient d'affoler le pauvre homme. Alors s'il te plaît, pas un mot qui dépasse le vocabulaire de ton âge. » Avec Sabine, c'était différent. Il lui avait ouvert son petit cœur afin d'y faire rentrer l'amour qu'elle lui donnait. Et il lui parlait. La jeune fille, un peu larguée par la vie, ne trouva pas curieux de voir l'enfant enfiler les mots comme des perles. Il créait des phrases ciselées, simples et chantantes, tout en riant beaucoup. Il lui trouva un surnom touchant : « la Fée Cabossée », à défaut de « Fée Carabosse ». Il lui avait dit que son doux visage était aussi joli que celui d'une de ces créatures rêvées, mais que son corps était « cabossé » par les coups de mal-amour qu'elle avait reçus. Confiant, il avait ajouté qu'il serait son forgeron et qu'à force de câlins acharnés, sa silhouette retrouverait sa fluidité. Drôle de petit homme...

Paul était bon élève. Sabine restait souvent dormir à côté de lui dans un lit de camp, Alice travaillant tard dans la nuit. Ils dînaient tous les trois. Puis, une fois le petit prince au lit, la maman repartait noircir ses cahiers. Le rythme était doux, simple et structurant pour Paul. Alice traînait son vague à l'âme en évitant de s'écouter afin de ne pas sombrer. Elle avançait un pied devant l'autre, pensant à son petit homme gonflé de fierté face à sa maman « solo ». La complicité d'Alice et de Sabine était jolie à regarder. Peu de mots et quelques gestes leur suffisaient. Portées par leur même tendresse pour Paul, elles souffraient pourtant du même mal indicible : pas d'amoureux sur le rivage. « Ni pour la vieille ni pour la jeune », éclatait de rire Alice. C'était plus facile, dans sa position, de plaisanter car elle savait déjà sa féminité. Sabine, quant à elle, ignorait encore si elle cherchait un amoureux ou une amoureuse. Fourmillant de mille questions tarabiscotées, elle prenait d'assaut Alice pour que celle-ci, souvent perplexe, l'aide à avancer. Paul assistait à ces débats féminins en se disant qu'être un homme était décidément plus simple.

Il s'échappait souvent chez le petit voisin du quatrième étage qu'il considérait comme son frère. Il n'aimait pas sa maman mais il enviait son papa. Il observait et écoutait ce grand monsieur jusqu'à apprendre par cœur certaines de ses paroles. Le soir, à la maison, il l'imitait afin d'impressionner les deux femmes. Mais le père en question était un horrible misogyne. Et un jour Paul déclara, la voix claire : « Alors, ce repas, ça vient ? » Il n'attendit pas bien longtemps leur réaction. Elles partirent aussitôt, bras dessus-dessous, au restaurant d'en bas, lui promettant de lui rapporter quelque chose à grignoter s'il était sage. Paul ne comprit pas et revit la scène dans sa tête. Chez son ami Bernard, la mère s'était levée en trombe pour servir son mari, s'excusant de prendre un retard infini. Il lui restait en fin de compte beaucoup à apprendre sur les papas et les mamans. Alice, inquiète de cet incident, pleura la fameuse absence du père. Sabine tenta de la consoler en prenant son exemple personnel de fille sans papa, ce qui n'apaisa pas complètement son amie. « Peut-être faudrait-il que je l'emmène voir un docteur de l'âme ? » Monsieur Dupont se proposa bien de jouer les papas intérimaires, mais Alice ne fut pas convaincue par cette brillante idée. Un peu désorientée, elle se décida pour un rendez-vous chez un monsieur répondant au juste nom de Trésor. Il habitait l'immeuble d'en face.

Monsieur Trésor les accueillit en costume trois-pièces et lavallière, look plus dérangeant dans les années 2000 qu'un piercing à la lèvre. Il parlait en articulant chaque mot comme s'il s'adressait à un auditorium de sourds-muets et faisait claquer sa langue toutes les trois minutes. Sa main sèche et curieusement molle fit frissonner Alice. Il commença par voir la mère seule afin qu'elle se raconte. Alice, plutôt secrète, avait un mal certain à se détendre et à se dévoiler. Habité par quelques tics nerveux, il avait pourtant l'air gentil. Elle lui expliqua son histoire : « Docteur, nos deux cœurs sont aujourd'hui malades. Le mien est de cristal, si fragile, si friable qu'il n'a plus la force que d'aimer un seul être, Paul. Celui de mon fils est asphyxié. Comme s'il se destinait à être étouffé par les plantes voraces. Et puis, vous verrez par vous-même : il a des dons étranges, il discourt parfois comme Aristote. » Monsieur Trésor, bizarre parmi les bizarres, était dans sa catégorie un surdoué, un champion de l'analyse multidimensionnelle. Il resta plus d'une heure avec le petit enfant, temps inhabituel pour une consultation. Mystère et boule de gomme…

Paul ressortit la bouche en cœur, étrangement serein. Monsieur Trésor le suivait d'un air complice, toujours animé de petits bonds nerveux. Il le traitait d'égal à égal, sans aucune marque de paternalisme. Alice sentit son cœur de verre vibrer de jalousie. Au fond, cette situation qui liait la mère et le fils l'arrangeait peut-être. Elle était l'exclusivité de sa vie et elle le restait. La vision de Paul avec cet homme lui faisait soudain prendre conscience de l'abîme de son éducation. Monsieur Trésor la fit entrer de nouveau dans son écrin de vies, chaleureux et un brin condescendant, ce qui l'énerva au plus haut point. « Madame, le sujet de votre visite n'est pas Paul. C'est bien de vous qu'il s'agit. Ce petit garçon vous adore. Mais il a besoin d'un père et vous d'un mari. Votre deuil amoureux est passé. Vous avez surmonté cette épreuve avec force et courage. Il faut à présent avancer. Pas vous contenter de rêver les demains. Mais les vivre. Au fond, ce n'est pas d'un psy que vous avez besoin. Mais simplement d'un homme à aimer. » Elle lui sourit, soulagée. Comme si elle attendait cette permission depuis de longs mois. Elle sortit, un peu rêveuse, tenant Paul par la main.

Alors qu'ils rentraient à la maison, marchant calmement sur le trottoir, ils aperçurent monsieur Dupont vociférant contre la voisine du premier étage. De loin, il agitait ses bras tel un pantin affolé. Alice bondit à son secours. Que se passait-il ? La voisine piailla que monsieur Dupont avait placardé dans tout l'immeuble un règlement intérieur des plus fantaisistes visant à entraver les libertés individuelles. Le pauvre homme se défendait en lui expliquant que, certes, il n'y avait pas eu de démarches consultatives préalables, mais que le règlement ne serait suivi que par ceux qui le souhaitaient. « Voici un bon compromis, madame Michaud », dit Alice, autoritaire. Elle cherchait, à tout prix, à protéger son protégé. La voisine, pas conciliante du tout, rétorqua : « Oh, c'est un peu facile de défendre une telle attitude ! Il n'a pas suivi la procédure. Il aurait fallu soumettre un tel document à l'approbation et au vote de la copropriété. Monsieur Dupont n'a pas respecté les directives ! » « Oui, c'est vrai, s'agaça Alice, dans la vraie vie, quand on respecte le règlement, on ne se pose plus de questions. Eh bien, moi, madame, je me méfie des gens trop respectueux des règles et des fiches administratives ! » Le ton monta d'un cran.

Paul ne put s'empêcher d'intervenir malgré le secret promis : « Pourquoi ne pas organiser une réunion exceptionnelle des copropriétaires afin que vous puissiez décider tous ensemble ? » Monsieur Dupont le regarda, interloqué, et se mit à rire : « Dis, coquin, de quelle longueur est ta barbe de vieux sage pour parler ainsi ? » Puis il se reprit, gêné d'avoir mis Alice dans un tel embarras : « Oui, c'est une bonne idée, madame Michaud. Je vous prie d'accepter mes excuses. J'ai, en effet, été trop rapide. » Le gardien avait lâché cette phrase avec calcul et intelligence, sachant que cette race de femme jouissait de voir l'autre s'abaisser en reculant. « Je suis d'accord avec cela. Je vous laisse donc gérer... monsieur Dupont », déclara la charmante madame Michaud. « Oui, de A à Z, sans m'arrêter à F », sourit l'homme. Paul, content de cette décision au sommet, rejoignit son ami dans sa loge afin de l'aider à définir les grandes lignes de cette entente cordiale.

« Règlement intérieur de l'immeuble du 23, rue des Fleurs.

Article 1 Veuillez ne pas déranger le gardien les jours pairs avant 10 heures le matin. Il fait la grasse matinée. Merci de respecter ces temps indispensables à son équilibre personnel.

Article 2 Merci d'être attentifs à la propreté de l'immeuble, d'abord par respect pour autrui, ensuite pour éviter tout travail inutile à monsieur Dupont.

Article 3 Tous les dimanches, à 11 heures dans la matinée (pas trop tôt pour vous laisser en paix), monsieur Dupont déposera des croissants chauds et du pain frais devant chaque appartement, au prorata du nombre de personnes résidantes.

Article 4 Lors de la fête des Mères, un bouquet de fleurs des champs sera livré à chaque jeune fille de moins de vingt-cinq ans. Pour les jeunes femmes de plus de vingt-cinq ans, ce sera un bouquet de roses blanches. Pour les plus jolies d'entre elles, un bouquet de roses rouges.

Article 5 Lors de la fête des Pères, une journée porte ouverte sera organisée dans la loge, au rez-de-chaussée, de sorte que monsieur Dupont puisse redistribuer les étrennes les plus laides que chaque année certains d'entre vous lui offrent.

Article 6 Le jour de la Saint-Valentin, apéritif des familles chez madame Michaud afin de profiter de son sens inné de l'accueil et de son ouverture d'esprit. Vous êtes invités à lui offrir des procédures de vie rédigées par écrit sur un joli papier entouré d'un nœud rouge.

Article 7 À Noël, grande tombola chez Alice et Paul. Pensez à préparer deux lots par famille pour les enfants. Pour les célibataires, un lot sera suffisant. Pour les mamans, prévoir un gâteau au chocolat. Pour les papas, une boîte de cigares pour monsieur Dupont suffira. Monsieur Dupont a une préférence pour Cuba.

Article 8 Pour mémoire, la loge est ouverte tous les jours jusqu'à 22 heures sauf le dimanche. Le gardien est en effet du soir. Il saura vous rendre service en homme de bonne volonté.

Article 9 Pour les célibataires, les divorcés ou les infidèles, merci de bien vouloir présenter systématiquement à monsieur Dupont les nouvelles élues de votre cœur ou de votre corps. Il sera important de prévoir une lettre de référence ou un CV au cas par cas. Il sera également indispensable de signaler les entrées ou les sorties de ces personnes extérieures à l'immeuble, le gardien se réservant tout droit d'indiscrétion sur ce sujet.

Article 10 Enfin, pour monsieur Schmoll, merci d'éviter l'arrivée intempestive des beautés blondes. Elles sont précisément au goût de monsieur Dupont, qui pourrait faire un arrêt cardiaque en les voyant défiler dans le hall, toutes tenues légères.

Article 11 Veuillez bien noter qu'en cas de non-acceptation de ces règles, une sanction disciplinaire sera prévue suite à un audit mené par monsieur Michaud.

Votre gardien bien-aimé. »

Alice, en découvrant ce texte, fruit de l'imagination de son fils et de son ami, n'en croyait pas ses yeux. « Avez-vous perdu la tête ? Lequel d'entre vous est l'inventeur de toutes ces merveilles ? » Aucun des deux ne souhaitait lâcher l'autre. Ils restèrent donc muets. « Passe encore les croissants chauds ! Mais vouloir une présentation officielle de chacune des maîtresses de ces hommes mariés, vraiment, là, vous exagérez... » Elle ne put partager plus avant ses commentaires, car la réunion exceptionnelle des copropriétaires commençait. Alors que la sonnette avait cessé de retentir et que les personnes s'installaient au salon, Alice décida de servir du champagne pour tout le monde afin de calmer l'énervement palpable, en particulier masculin pour des raisons évidentes. Paul saisit le marteau en bois qu'il avait reçu avec son atelier de bricolage à l'occasion de son anniversaire, « pour faire respecter l'ordre au cas où ».

Quand tout un chacun fut installé confortablement, sa coupe à la main, Alice prit la parole : « Bonsoir et merci d'être venus aussi nombreux. Avant de commencer toute forme d'échanges, je souhaite vous signaler qu'une erreur s'est glissée dans ce texte. En effet, dans l'article 9, il s'agit de présenter non pas vos nouvelles amitiés mais vos nouveaux animaux. Chiens, chats, canaris, tortues, que sais-je encore. En effet, monsieur Dupont, titulaire d'une licence de biologie animale, est passionné par ce thème et souhaite mettre à profit ces rencontres afin d'affiner ses recherches. » Son ami la fusilla du regard, furieux de voir son texte originel ainsi dénaturé. Dans l'assistance, la détente se fit sentir en un instant. Les hommes, soulagés, relevaient les yeux sur leurs épouses. Alice poursuivit son discours en affirmant : « Il y a aussi une précision à ajouter à l'article 4. Comme vous êtes toutes ravissantes, c'est un bouquet de roses rouges qui signifiera votre beauté et votre éclat. Le gardien l'adressera avec un poème personnalisé à votre intention. » Monsieur Dupont trépignait sur sa chaise. « Enfin, dit Alice, les croissants chauds viendront de la boulangerie L'Âme à pétrir. » Ces dernières paroles apaisèrent tous les esprits. Le champagne aidant, le règlement intérieur fut accepté à la majorité absolue. Le gardien ruminait. La jolie maman souriait. Paul rangea son marteau.

La paix revenue dans l'immeuble, le petit Paul s'ennuyait en compagnie de Sabine. Le look de la jeune fille s'était adouci, joyeux équilibre entre la mère et l'enfant. Paul avait sept ans aujourd'hui. Sa maman souhaitait l'emmener dîner dehors « comme les grands ». Elle le sentait un peu triste, malgré son amour fou, malgré un entourage le couvrant d'attentions et de tendresse, malgré ses copains à l'école, malgré Sabine. Et malgré monsieur Dupont. De retour à la maison, elle lui offrit son cadeau. Un magnifique avion téléguidé qu'elle avait choisi avec une précaution infinie. Paul, l'air sombre, marmonna : « Ce que je veux pour mon anniversaire, c'est un papa. Moi, tous les jours au parc, j'essaie de chercher un papa sans anneau de mariage. C'est difficile parce que ceux qui n'en ont pas sont moches. Comme on ne peut pas voler le papa de quelqu'un d'autre, je ne sais plus comment faire... » Alice, d'une voix chantante, lui souffla dans l'oreille : « Tu sais mon cœur, les papas ne poussent pas comme des fleurs dans un jardin. Certains hommes font de bons maris et pas de bons papas. D'autres sont des papas merveilleux mais ne savent pas aimer une femme. C'est une quête difficile. Au fond, il faut que l'on tombe un peu amoureux tous les deux. Ton papa, j'ai mis des années à le rencontrer. Il est arrivé dans ma vie par le plus grand des hasards. » Afin de l'apaiser, elle lui parla longuement de Matthieu. Pour la première fois depuis l'absence, elle raconta le père au fils. Sans chercher à le magnifier ou à l'idéaliser. Juste la vérité simple de leur histoire à tous les trois. Elle sortit l'unique album de photos qui les unissait. Elle l'avait gardé précieusement sans savoir à quel moment elle pourrait le lui montrer. Paul s'endormit sur ses genoux, niché dans le creux de ses bras. Alice fit un rêve étrange : un champ de fleurs de papas secouées par le vent. Elles étaient de toutes les couleurs et avaient en haut de leurs tiges une tête à barbe, à moustache ou à sourire. Au centre de ce champ, une fleur immense et longiligne dépassait toutes les autres, un bébé fleur en sommeil caché dans une feuille. C'était son fils et elle. Tous les papas les attendaient...

Le lendemain, aux aurores, ils se connectèrent tous les deux sur le site « Trouverunpapa.fr ». Une tasse de café pour elle. Un chocolat chaud pour lui. Les yeux rivés à l'écran magique. Ils étaient décidés, sait-on jamais, à prendre quelques contacts. Le problème, c'est qu'ils n'étaient d'accord sur rien du tout. Paul faisait ses choix d'après les photos. Alice se concentrait quant à elle sur les centres d'intérêt. Paul tomba en arrêt devant la photo d'un dénommé Roger à l'allure de Superman « première génération », lunettes rectangulaires comprises. Il avait lu que ses « hobbies » étaient les sports de combat, la pêche à la ligne et les courses de VTT, ce qui ne semblait pas ravir Alice. Il essaya de la convaincre que les week-ends sportifs avaient leur charme. Mais c'était sans succès. Sa mère, un brin sophistiquée, penchait davantage en faveur de l'opéra, des voyages en Italie et de la lecture. « Rien de bien emballant », pensait Paul, déçu. Sabine tenta de les aider afin qu'ils se mettent à l'unisson. Au lieu de cela, elle ajouta une nouvelle ligne de complexité. Son nouveau penchant s'affirmant, elle lança à la cantonade : « Pourquoi chercher un papa ? Une deuxième maman pourrait faire l'affaire aisément. » Paul et Alice se regardèrent en riant. Ils ajoutèrent de concert : « Toi, tu as trouvé une amoureuse et une façon de nous l'annoncer ! »

Soudain, la mère et le fils s'attardèrent sur la même fiche. Dans ce papa potentiel, tout semblait parfait. Plutôt beau garçon, son style sur l'ordinateur était drôle et simple. Sauf qu'en téléphonant au numéro indiqué sur la fiche, ils découvrirent que l'homme était mort depuis une semaine. La découverte était suffisamment macabre pour qu'ils décident d'arrêter pour ce jour-là leurs recherches. Le lendemain, Alice dit à son fils : « Tu sais, c'est à moi de prendre en main ma vie et mes choix. Ce n'est pas à toi de parler de cela. » L'après-midi même, elle prit rendez-vous dans une agence matrimoniale, joliment nommée Les Cœurs Siamois.

Le mardi suivant, elle sonna à la porte, très intimidée. Une ravissante soubrette des temps anciens vint lui ouvrir. Elle avait un admirable tablier blanc et un sourire réconfortant. « Madame va arriver dans trente minutes ; elle a du retard et vous prie de bien vouloir l'en excuser. » Alice saisit alors quelques journaux de passage. Elle trouvait plutôt rassurant de ne pas tomber sur des ouvrages racoleurs, du *Manuel de la vie à deux* à *Comment réussir son couple*. Un peu plus tard, Adélaïde Pincefer vint se présenter à elle pour l'emmener dans un boudoir raffiné dont le mur était recouvert de toile de Jouy. En observant la pièce avec plus de précision, Alice réalisa que ce papier peint représentait des scènes érotiques et légères. Néanmoins du meilleur goût. La femme en face d'elle était sophistiquée, un tantinet précieuse et de toute évidence brillante. Madame Pincefer lui expliqua son parcours. Normalienne et agrégée de lettres reconvertie en Cupidon des cœurs. De toute évidence, elle avait le talent des unions inattendues. Elle justifiait son changement de carrière avec beaucoup d'honnêteté : sa carrière d'enseignante, même de haut vol, ne suffisait pas à assouvir son goût immodéré pour les belles choses de la vie. Alors elle avait monté cette agence trois ans auparavant, l'esprit incertain.

Le bouche à oreille la situait à présent comme l'une des meilleures marieuses de Paris. Sa sélection reposait sur des critères simples. Elle demandait à chacune de ses âmes solitaires de composer, en prenant le temps de la réflexion, la bibliothèque idéale avec trente ouvrages clés laissant présager sa personnalité profonde. Afin d'ouvrir les portes de la rencontre amoureuse. Ensuite, un programme informatique complexe mélangeait ces données aux milliers d'informations accumulées depuis trois ans, jusqu'à sortir une liste de six cœurs à prendre. Par cette méthode novatrice, elle réussissait à creuser les points de personnalité les plus profonds et à former les plus improbables tandems : le croisement de deux bibliothèques aboutissait à la découverte de traits communs et de similitudes émotionnelles, l'amour du mot révélant une part intime de soi. Madame Pincefer, après avoir demandé à Alice un acompte de trois mille euros, lui tendit la fameuse liste, lui précisant qu'elle organiserait des dîners dans le mois afin que sa cliente puisse faire plus ample connaissance avec les élus du logiciel...

Quelques jours passèrent, et Alice reçut à son domicile une enveloppe d'un papier au grain subtil, contenant une date et un nom : monsieur Pierre Lavaisselle. Elle décida en accord avec Adélaïde que le lieu des dîners serait son propre appartement. Elle trouvait chaleureux et direct de révéler une part de son intimité. En réalité, c'était pour contrôler cette étape obligée si difficile, pour en maîtriser les moindres détails. C'était aussi la promesse qu'elle avait faite à Paul. Ils devaient choisir l'heureux élu ensemble. Tous les deux. Un dîner au restaurant rendait cela impossible. Alors que, dans ce cas précis, l'enfant se cacherait dans un recoin idéal où il pourrait voir sans être vu... Le jour J, nerveuse, elle tenta de se décider pour une tenue. Le juste ton était curieusement très difficile à trouver. Soit elle était dans le trop, soit dans le pas assez. Elle se décida enfin pour une petite robe noire, pièce fétiche d'une armoire de femme indécise. On ne pouvait pas se tromper en s'habillant ainsi. Elle releva ses cheveux en un chignon particulièrement féminin où sa nuque à fleur de peau représentait la plus grande des provocations. Des ballerines, un nuage de poudre, elle était enfin prête.

À présent, elle se concentrait sur la table. Elle choisit une nappe blanche et un service classique à l'extrême. Sans personnalité aucune. Pour le vin, elle avait demandé l'aide de monsieur Dupont. À vrai dire, celui-ci n'y connaissait pas grand-chose. Mais, désireux de rassurer son amie, il s'était présenté comme un connaisseur averti. Quant au menu, elle avait pensé qu'un buffet froid serait le moins compliqué. 20 h 30. On sonna à la porte. Monsieur Pierre Lavaisselle se tenait devant elle, droit comme un I. Grand et costaud, il portait le costume comme il aurait porté le bleu de travail. Il « s'était fait beau », comme on dit. L'épingle à cravate. Les boutons de manchette. La gourmette en argent. Alice, très surprise, cherchait dans la « bibliothèque idéale » ce qui avait pu la rapprocher d'un tel homme. En voyant la petite poupée devant lui, l'homme la saisit par la taille, la souleva à vingt centimètres du sol et l'embrassa sur les deux joues. Paul, bien dissimulé, riait sous sa cape tandis qu'Alice, le rictus prêt à éclater, tentait de garder son sérieux.

« Comme ça, en vous regardant bien, j'me dis que l'point commun entre nous, ça doit être m'sieur Sartre. "Paulo", comme on dit chez moi », commenta l'homme, tout heureux de se trouver face à cette jolie femme. Alice, se prenant au jeu, lui répondit alors qu'elle n'appréciait pas particulièrement Sartre. Il renchérit : « Dites, ça a l'air drôlement bon ce que vous avez mitonné ! Moi, j'aime bien les bonnes cuisinières. » Elle riait et lui dit : « Je crois que vous allez être déçu. Tout est froid et pris chez un traiteur. À vrai dire, les plats les plus sophistiqués que je prépare sont, dans mon ordre de préférence, les coquillettes au jambon, les salades composées, et les pommes au four façon Paul fourrées au chocolat praliné. » Un peu déçu, l'homme répondit : « C'est vot' Paul à vous ? C'est un ex ? Moi vous savez j'suis un exclusif. J'aime pas trop partager, c'est pas mon truc. » Alice, pleine de gentillesse : « Rassurez-vous, Pierre, ce Paul-là c'est mon petit garçon de sept ans. » « Ah, dit l'homme, ça change tout. Moi, j'adore les enfants. En plus, sept ans, il est déjà tout prêt. Donc y a moins de travail... »

Paul, de sa cachette, songeait que celui-ci n'avait rien d'un prince charmant. Il avait les oreilles décollées et se tenait mal à table. Sa maman lui avait toujours répété de poser délicatement ses petites mains à plat de chaque côté de son assiette. Cet homme-là ne devait pas avoir eu de maman-jolie, car ses mains à lui étaient toujours sous la table ou bien elles faisaient de grands moulins dangereux dans les airs. De toute façon, elles étaient trop larges pour pouvoir faire de tendres câlins. Alors, tant pis ! Arrivé au dessert, l'homme demanda : « Alors, y paraît que vous travaillez ? C'est pas commun, une femme qui travaille. Moi, ma mère et ma grand-mère, elles travaillaient pas. Elles s'occupaient des hommes, des enfants et de la maison. » Il avait dû dire ces trois mots par ordre de priorité. « Vous savez, Alice, faut pas vous inquiéter. Elles étaient gâtées, hein. Chaque mois, la petite enveloppe pour faire les courses. Bon, d'accord, c'est pas une obligation. Faut quand même le demander gentiment ! » Paul étouffa un fou rire, connaissant les emportements féministes de sa maman. Mais Alice se contenta de répondre : « Monsieur Lavaisselle, soyons bons amis. Venez avec moi dans la cuisine. Rien de tel pour se connaître que de laver les assiettes ensemble. » Elle lui tendit des gants en plastique rose bonbon. L'homme, aux ordres, plongeait déjà ses mains dans l'évier...

La mère et l'enfant avaient ri ensemble de bon cœur en pensant à ce premier dîner. Le lendemain, Alice contacta Adélaïde pour le fameux débriefing prévu au contrat. « Vous savez, je suis persuadée qu'il y a une erreur dans le fichier. J'en suis très sincèrement désolée. C'est indéniable, il vous faut quelqu'un de plus cultivé, de plus sophistiqué », convint madame Pincefer. Le jour même, une autre enveloppe arriva. « Prometteuse de surprises et de drôlerie », pensa le petit Paul en son for intérieur. Cette fois-ci, le nom magique était : Philippe Dumoulin. Alice imaginait déjà... Elle s'était vêtue d'un pantalon noir et d'un chemisier blanc. La sonnette retentit. 21 heures, heure académique pour un dîner parisien du vendredi soir. L'homme entra, pressé, tendant son manteau.

Dès la première minute, ce fut un flot de mots. Alice se le figurait avec une tête en forme de moulin à vent. À chaque courant d'air, des vagues de phrases sortaient de ses narines pour s'envoler vers le ciel. Cherchant à séduire, l'hôte, maladroit, ne tarissait pas d'éloges sur la maîtresse de maison, la décoration intérieure, la tenue de la table. Certainement plus intimidé qu'elle, il ne pouvait plus s'arrêter. Alice stoppa net ce flot verbal en déclarant : « Ça suffit ! Asseyez-vous. Respirez un bon coup et appréciez le silence en écoutant ses bruits. » L'homme obéit sur-le-champ, soulagé de souffler. Après de longues minutes de calme, il ouvrit la bouche et, aussitôt, s'effondra en larmes en expliquant qu'à bientôt quarante-deux ans, sa famille, inquiète, le poussait au mariage. Lui, ce qu'il aimait plus que tout, c'était la vie de solitaire, partir aux quatre coins du monde sans avoir à rendre de comptes. Son père l'ayant menacé de le déshériter s'il ne trouvait pas épouse au plus vite, il s'était décidé à prendre rendez-vous avec Adélaïde.

La maman raconta à son invité qu'elle et son petit garçon étaient à la recherche d'un papa. Délesté de la séduction forcée, Philippe s'avérait charmant. Comme il avait un nez fin et qu'il était mince et grand, Paul, invité à se joindre à eux, le trouvait finalement très beau mais il avait compris que ce n'était pas un homme pour sa maman ni un papa pour lui. Ils passèrent tous les trois une soirée très réussie. Si ce n'est qu'Alice, craignant les réactions machistes de son premier dîner, passait la moitié du temps dans sa cuisine afin d'essayer de faire croire qu'elle était un cordon-bleu. Las de ces incessants allers et retours, Philippe les emmena avec Paul au restaurant. À la fin du dîner, ils se promirent de se revoir. Alice et Paul, tout joyeux, s'endormirent profondément. Tard dans la matinée du samedi, Sabine éveilla ce petit monde, pas mécontente qu'aucune figure masculine ne vienne troubler ses douces habitudes. Possessive de ce bonheur tranquille arrivé si tard dans sa vie. Elle venait de rompre avec son initiatrice et ne savait plus à présent de quel côté son cœur penchait. Aussi, entre la mère et le fils, elle bénéficiait de toute la sérénité dont elle avait besoin.

Elle décida d'emmener le petit garçon au guignol afin de laisser Alice un peu seule. La jeune femme sentait la nécessité d'écrire pour se libérer, pour exprimer le fond d'elle-même et de sa solitude. Elle avait conscience que sa sociabilité était forcée. Son cœur cristallin, trop peu renforcé, souffrait de cette mise à l'écart des sentiments. Mais ce calme apparent pouvait l'emmener loin dans ses rêves. Là où elle se ressourçait. Matthieu avait réussi à déchiffrer le code secret de ce pays. Elle songea tristement qu'avoir connu un grand amour était déjà beaucoup pour une seule personne, pensant avec bonté à Sabine et à monsieur Dupont, vierges de ces sentiments-là.

Un troisième dîner. Un troisième homme. Un vertige de sensibilité. Il était parfait. Cultivé. Attendrissant. Mais ce n'était pas un homme qu'on imaginait brandissant une hache pour sauver Alice de la jungle amazonienne. Pas un homme de la race des grands protecteurs. Paul bondit hors de sa cachette : « Toi, tu sens les filles. Ton parfum de femme, il empêche de savoir qui tu es. » Le petit homme avait raison. Il y avait chez leur hôte un grand trouble d'identité. Il répondait au doux nom d'Henri Amazone, ce qui ne simplifiait pas les choses. « C'est quoi une amazone ? » demanda le petit garçon. « C'est une guerrière qui monte à cheval à défaut de monter un homme », répondit malicieusement le monsieur. Il renchérit : « Tu vois, c'est comme moi avec les femmes. Ces créatures m'attirent mais me terrifient. Je porte ce nom comme un bouclier à l'effigie de mon histoire. » Paul, tout à sa maturité d'adulte, lui dit de s'allonger sur le divan afin de se raconter comme il avait vu monsieur Trésor faire avec lui.

L'homme n'avait, en réalité, jamais connu d'expérience avec les femmes et il ne souhaitait au fond pas en avoir. Avocate passionnée des libertés individuelles, Alice respecta son choix avec conviction : « Mais enfin, Henri, ne soyez pas désolé de cette soirée. L'important n'est pas d'être différent des autres. C'est de vivre sa singularité comme une chance. Dans le plaisir... » Il lui répondit : « Je comprends vos propos, Alice. Si ce n'est que mon cœur m'empêche de vivre mon histoire. Les amazones ne toléraient pas la présence des hommes. Elles les mutilaient. Ou, pire encore, elles les supprimaient à la naissance. Depuis que je suis enfant, je porte cette contradiction d'attirance et de répulsion. » « Changez de nom, voilà tout ! » intervint Paul, tout content de son idée. Henri écarquilla les yeux, ouvrit la bouche... et, comme libéré, bondit d'un coup hors du canapé. Vite, il remercia ses deux hôtes et sortit en toute hâte, promettant d'aller de ce pas entamer les démarches administratives nécessaires. Henri Amazone n'existait plus. Sa vie autre pouvait commencer.

Alice se lassait de cette succession de dîners ratés. « Pas ratés », la corrigeait Paul, car ils s'amusaient si bien ! Mais pas de papa ni d'amoureux à l'horizon. Elle retourna voir Adélaïde afin de tenter de comprendre ce qui n'avait pas marché dans le programme informatique. « Vous savez, peut-être faudrait-il revenir à d'anciennes méthodes. Il se peut que vos ordinateurs soient dépassés. L'amour n'est pas une science exacte. » Adélaïde boudait, légèrement vexée : « Allez au moins jusqu'au sixième nom... » Alice n'y tenait pas mais elle savait que Paul attendait ces soirées comme des rêves de papas.

Le petit garçon avait jusqu'alors gardé son talent juste pour sa maman, Sabine et son tendre ami du rez-de-jardin. À présent, il le révélait plus régulièrement. Avec sa mémoire exceptionnelle, il retenait des mots de plus en plus savants, plongé dans des ouvrages sur la Grèce antique ou les Poilus de la guerre de 1914, en aucun cas destinés à un enfant de sept ans. Un jour, Alice lui demanda droit dans les yeux comment il l'imaginait, lui, le papa de ses rêves. « Moi, si j'étais une femme libérée de quarante ans comme toi, je l'aimerais respectueux de mon indépendance, enveloppant dans sa séduction, raffiné dans son intelligence mais naturel dans son style vestimentaire. Il faudrait qu'il soit présent sans envahir l'espace. Il devrait prendre soin de moi sans pour autant remplacer papa. Idéalement, un mélange de grand frère et d'ami très cher. » « Paul, c'est une blague ? s'écria Alice. Un petit enfant de ton âge ne pense pas comme cela et ne peut donc pas parler ainsi. » Le petit garçon s'élança dans ses bras en sanglots. Des larmes lourdes et brûlantes roulaient sur ses deux joues. « Maman, je n'arrive pas à trouver mon cœur d'enfant. Il est couvert du lierre des pensées d'adulte. Les idées d'enfants ont disparu. Elles ne poussent pas. » Paul avait une voix si triste qu'Alice en fut dévastée. « Mon amour, ferme tes petits yeux et décris-moi le prince charmant de tes rêves... » Le petit homme se concentrait de toutes ses forces. Après de longues minutes, il lui déclara en souriant : « Il est tout en noir. Avec des chaussures noires. Il a une cravate rouge et des cheveux avec une raie au milieu. Il est mince et grand. Il a les yeux bleus et il ne salit pas la maison. »

La maman éclata de rire : « Le voilà décrit, mon joli crapaud que j'embrasserai à pleine bouche ! »

Le quatrième invité mystère répondait au doux nom de Marcel Sans Peur. Mais l'homme à qui elle ouvrit la porte semblait terrorisé des pieds à la tête. Il était caché derrière un énorme bouquet de fleurs et avançait à petits pas, les mains agrippées aux tiges. Recroquevillé dans son coin, Paul ouvrait déjà des yeux ronds. L'homme se figea, méfiant, et tourna la tête en tous sens, fouillant l'appartement de ses yeux mi-clos. Une fois rassuré, il se présenta à la maîtresse de maison sans oser la toucher. En lui disant : « Pardonnez-moi ma distance mais les microbes bondissent souvent sans que l'on s'en aperçoive. Mon équilibre sanguin est parfait en ce moment. Il me manque juste un peu de fer. Aussi, pour moi, un verre d'eau fera l'affaire. Je prendrai alors mon complément multivitaminé. » Il poursuivit : « Quels sont vos antécédents familiaux ? » Une voix qui ne sortait pas de la bouche d'Alice déclara : « J'ai eu la tuberculose à cinq ans. Après, ma santé si fragile déclina. Jusqu'à ce que l'on découvre, à mon onzième anniversaire, que j'étais atteinte d'un mal incurable. Parfois transmissible selon la qualité du sang. D'ailleurs, puisque nous en parlons aussi librement, quel est votre groupe sanguin ? »

Marcel Sans Peur était cramponné au canapé, blotti dans un creux protecteur. Dans un sursaut de courage, il se redressa : « Mais enfin, madame, qui a parlé ? J'ai entendu une voix claire et intelligible m'expliquant votre santé douteuse. J'en déduis que vous êtes animée de mauvaises intentions à mon égard. Je vous prie de bien vouloir vous justifier ! » Alice, maudissant Paul intérieurement, tenta de lui faire croire qu'il était victime d'hallucinations. Alors que l'homme commençait un tout petit peu à être acquis à sa cause, une autre voix, venue de nulle part, le fit sursauter de nouveau. « Monsieur, soyez prudent ! Vous devriez également creuser sa santé psychologique. En réalité, cette femme est sujette à de multiples addictions. Elle est atteinte d'infidélité chronique. Cela pourrait vous mettre dans un embarras terrible avant même votre première nuit avec elle. J'ai déjà vu un homme laissé pour mort dans un caniveau à la suite d'un règlement de comptes. Juste pour ses beaux yeux. » Alice s'échappa dans la cuisine, laissant Marcel Sans Peur dans le salon, tout à fait immobile et livide.

Paul, enchanté de son effet, n'avait pas terminé sa série de bêtises. Il sortit de sa cachette, coupa brusquement l'électricité afin que la pénombre fût, saisit un masque africain de son papa héros pour faire un passage éclair dans le salon. En gesticulant et en hululant devant l'homme stupéfié de terreur. Alice eut à peine le temps de revenir de la cuisine avec le verre d'eau et des amuse-bouche que l'homme avait disparu à jamais, griffonnant à la va-vite sur un petit papier un « Adieu, madame » très théâtral. Bien entendu, Alice convoqua Paul et le punit sur-le-champ, considérant qu'il avait sérieusement exagéré.

Le lendemain, première heure, le téléphone sonnait de colère. À peine avait-elle décroché que la voix d'Adélaïde gronda. L'homme avait décidé de porter plainte contre l'agence si son hôtesse ne lui présentait pas des excuses écrites. Il demandait par ailleurs en dédommagement un check-up complet à l'hôpital. Alice s'exécuta, amusée et contrite. En descendant pour accompagner son fils à l'école, elle croisa d'abord Sabine qui lui demanda : « Alors, le monsieur d'hier soir, c'était comment ? » Alice, droite comme un I, ne répondit pas. En bas de l'escalier, monsieur Dupont, le sourire taquin au coin des lèvres, commenta : « Dis, ton invité d'hier, Alice, il n'est pas resté longtemps... » Paul fit discrètement signe à son ami d'arrêter ses considérations. Alice, vexée, ne se retourna même pas. Lorsqu'ils furent arrivés dans la rue, monsieur Trésor sortait de l'immeuble : « Alors, ce papa, vous l'avez trouvé ? » Alice se planta devant lui, le regarda droit dans les yeux et lui dit : « Voyez-vous, monsieur Trésor, j'ai réfléchi à la question. Mon fils vous trouve très beau et pour moi aussi vous êtes irrésistible. Alors, on en est arrivé à la conclusion, ensemble, que vous étiez l'homme de la situation. » Paul, gêné, se cacha dans son blouson. Alice continuait, imperturbable et réjouie : « Mon fils se propose de vous prendre à l'essai pendant six mois. Pour ma part, je pense qu'en une nuit j'aurai fait le tour de votre potentiel créatif. Je vous propose de commencer dès demain. » Monsieur Trésor fut outré malgré sa grande intelligence des situations. « Madame, c'est contraire à mon éthique professionnelle. Prenons rendez-vous dans une semaine avec votre fils afin de faire un point formel de votre évolution. » Il se détourna pour suivre son chemin. Alice, ravie, s'approcha de Paul : « Tu vois quel effet cela fait d'être ridiculisé ? » Son fils la contempla d'un air tendre et lui prit la main sans répondre.

Adélaïde avait promis que le cinquième homme serait le bon : « Vous verrez, il a un nombre record de livres communs avec vous. Il faut me faire confiance. Jusqu'à présent, je ne vous ai pas trouvée très conciliante. Vous ne faites pas d'efforts pour donner plusieurs chances. Il faut vous ressaisir, Alice. Retrouver l'envie de plaire. » C'était le monde à l'envers, pensait la jolie maman. Ce qui clochait donc dans l'affaire des papas ratés, c'était elle. Elle, qui devait se remettre en cause. Par contre, les méthodes de l'agence étaient irréprochables et infaillibles. Finissant presque par se sentir coupable, elle décida de séduire à tout prix. En une journée, elle réserva chez son coiffeur le forfait « lune de miel sous les tropiques » et se transforma en « bombe mortelle », comme le lui dit Paul admiratif à son retour. Il alla dans sa penderie choisir une tenue. Elle ressemblait un peu à Barbie Girl période disco mais elle plaisait incontestablement à son petit garçon.

21 heures : Alain Leprince sonnait à la porte. Un nom pareil ne pouvait qu'éblouir. Chez l'homme, tout sonnait juste et étudié. Pas un soupçon de spontanéité. Il était sûr de ne pas se tromper. C'était ni trop ni pas assez. Cela n'engageait pas. On n'y trouvait rien à redire et rien à voir non plus... Bonne éducation. Bonne famille. Un peu de générosité par-ci. Quelques bons sentiments par-là. Tout était parfait. Alice se voyait en haut d'un mur. Vertigineux de blancheur. Elle réalisait, lucidement triste, que tomber amoureuse n'est pas chose facile. Elle n'écoutait plus cet homme et son débit verbal. Elle rêvait juste Matthieu. Son regard d'enfant joyeux. Ses longues jambes maladroites. Les

lignes de son sourire au coin des yeux qui l'avaient fait fondre. Et sa voix magique. Une voix profonde, concentrée et si définitivement enveloppante. Pourquoi le ciel lui avait-il arraché si tôt l'homme de sa vie ? Paul s'était endormi dans sa cachette, pas décidé ce soir à en sortir. Alain Leprince ne remarquait pas le moins du monde qu'il avait perdu son public. Alice, sans même réaliser sa brusquerie, alla fermer les volets. Elle détacha ses cheveux et regarda l'homme en souriant : « Il est tard, vous ne trouvez pas ? » L'homme se leva. Il la remercia comme il le fallait pour ce merveilleux dîner et repartit, gonflé de la douce certitude de s'être montré charmant.

Le lendemain, Alice désabusée ne quitta pas son lit. Il restait encore un dîner. « Une soirée de torture », pensait-elle. Elle prit son téléphone pour l'annuler. Adélaïde n'en finissait pas de tenter de la convaincre. Enfin elle lâcha prise en lui souhaitant du fond du cœur de faire un jour une jolie rencontre. Alice resta chez elle. Plusieurs jours. Avec le désespoir que la vie n'était juste que la vie.

Elle prévint Sabine qu'elle viendrait chercher Paul à la sortie de l'école. Elle invita son ami, monsieur Dupont, à venir prendre un thé. Une fois qu'il fut chez elle, elle lui demanda : « Et toi, est-ce que tu es heureux ? » Il lui répondit : « Être heureux ou non, c'est une question de trop-gâtés. Moi, je savais quand j'avais à peine l'âge de Paul que je serais gardien d'immeuble comme mon père. Je ne vivais pas cela comme une fatalité tragique. Je ne connaissais que cette réalité, alors je ne pouvais pas en imaginer une autre. C'est ma conviction d'homme simple et en effet sans doute plus heureux que toi. Je m'efforce de vivre la vie plus que de la rêver. Tu vois, mon bonheur d'aujourd'hui, c'est juste de te voir. De te regarder et de te respirer. Car tout chez toi rayonne d'émotions justes. D'accord, Paul n'a pas de papa, mais c'est précisément à cause de cette histoire ou grâce à elle que surgiront de son cœur des talents non révélés. Tout ce qu'on a en plus, on l'a en moins. Toi, tu as l'air de tout avoir et tu ne sais pas le goût du bonheur. Moi, je le dévore tous les jours et je ne possède pas grand-chose. Va chercher ton fils. Choisis de porter un autre regard sur le monde. Tu accéderas alors à ce que tu crois inaccessible. » Il la prit doucement dans ses bras. Puis il l'aida à mettre son manteau. Le geste d'un homme élégant.

16 h 30. Paul courut vers sa maman. Tout joyeux de l'avoir pour une fois à la sortie de l'école. Il lui sauta au cou et l'embrassa de longues minutes. « Maman, viens, je voudrais te présenter mon ami Alex. » Alice observa la scène : une tape virile, peu de mots mais une complicité évidente. À sept ans, ces deux-là étaient déjà dans une amitié d'hommes. Franche et physique. Le petit garçon était escorté par un monsieur souriant qu'Alice n'avait jamais remarqué jusqu'alors. Il se présenta comme le papa d'Alexandre, Gaspard. Il la salua discrètement. Il était habillé tout en noir. Avec des chaussures noires. Grand. Mince. Les yeux bleus. Des cheveux avec une raie au milieu. Elle ne put s'empêcher de sourire. Elle regarda son fils, complice, et dit à l'homme : « Ça me ferait très plaisir d'accueillir votre fils à la maison. Venez le chercher vers 19 h 30 et nous dînerons d'une pizza tous les quatre, en toute simplicité. » L'homme accepta, chaleureux. Alice prit le chemin de la maison en pensant aux mots de monsieur Dupont. Une fois dans l'appartement, elle fit goûter les enfants. Puis elle dormit un temps infini.

Elle se réveilla aux coups de sonnette insistants. Tout à coup, elle pensa à son invitation à dîner. Rien n'était prêt. Les cheveux ébouriffés et le jean fatigué, elle alla ouvrir la porte. Une rangée de dents et un sourire éclatant se présentaient à elle. « J'ai pris plein de gâteaux pour le dessert », annonça-t-il, tout content d'être là. Elle lui répondit : « C'est parfait, ce sera un dîner sucré. J'ai dormi jusqu'à maintenant et je n'ai pas eu le temps d'aller chercher les pizzas que j'avais commandées. » « Rien de grave, lui dit-il. On va aller les chercher ensemble. Les petits s'amusent bien. On va les laisser seuls quelques instants. » Il l'aida à mettre un grand châle sur ses frêles épaules et ils dévalèrent l'escalier comme deux gamins de vingt ans. Pour la première fois depuis bien longtemps, Alice se sentait légère. Prête à s'envoler... Alors qu'ils passaient devant la loge de monsieur Dupont, celui-ci ne put s'empêcher d'en sortir et de trouver un prétexte pour venir saluer l'ami de son amie. Afin de peser l'homme et sa part d'humanité.

Sur le chemin du retour, les bras chargés de pizzas, Gaspard déposa un délicat baiser sur les lèvres fraîches de la jeune femme. Et soudain Alice eut un vertige, comme libérée d'un mauvais sort. Elle découvrait autour d'elle des choses qu'elle n'avait jamais vues : le chien du kiosquier avec son manteau rose. La devanture du pressing avec sa peinture arc-en-ciel. La gentillesse du monsieur des pizzas habituellement râleur. Le ciel bleu et son immensité. Les yeux de Gaspard. Le bouquet de pivoines qu'il lui tendait. Ces images galopaient dans sa tête. Elles distillaient une intraveineuse de couleur dans son cœur de verre. Elle le sentait battre très vite et surtout respirer. Elle dit à Gaspard : « Embrasse-moi encore. Longtemps. » Lui, heureux, ne voyait qu'elle. Ils rentrèrent ensemble enlacés. Dans l'appartement, Paul et Alex les attendaient sur le canapé en clamant tel un cri de guerre : « On a faim ! »

Le sixième dîner était le bon. Alice eut une pensée rapide pour Adélaïde. Gaspard dit alors, tout fort : « Comme tu es belle ! » Ces mots magiques entrèrent en Paul. Il sentit le lierre libérer son petit cœur, comme par magie. Des bourgeons tout verts puis des fleurs éclataient au fond de son corps. Quand il parla, il ne retrouva plus ses mots alambiqués mais un souffle de fleurs parfumées envahit la pièce. « Maman, regarde, je suis un petit garçon ! » Une déferlante de jouets surgit du fond de lui-même : des billes de couleurs, des petites voitures cabossées, un wagon électrique et même une toupie volante. Alors une autre vague sortit de son petit corps : des consonnes, des voyelles s'envolaient dans la pièce, un train de mots, un « je t'aime » amoureux pour sa jolie maman.

Blanche

Soixante-seize ans. La fin d'une vie pour beaucoup d'entre nous ou le cœur de l'âge, songeait la vieille dame allongée dans sa méridienne pourpre, enroulée dans ses châles couleur d'hiver. Calée confortablement entre ses coussins fétiches, elle reposait en paix pour quelques instants.

Soixante-seize ans, cela voulait aussi dire « Il me reste un an pour jouer ». Dès l'apprentissage de la lecture, elle avait été intriguée par la phrase étonnante du *Journal de Tintin* : « Pour tout public de sept à soixante-dix-sept ans ». Et après, que se passait-il ? L'esprit devenait-il sénile au point de ne plus pouvoir se perdre pour rire tout seul ?

Elle était convaincue du contraire : seuls les petits vieux savaient vraiment s'amuser. À vingt ans, on fait le grand. À trente, on souhaite arriver dans la vie, trop préoccupé de construire et d'accumuler pour en profiter. À quarante, on recherche l'intensité. Alors on détruit ce que l'on a construit avec application ou bien l'on rêve sans sauter le pas. À cinquante, on veut transmettre et se rendre utile pour assumer une vie mitigée. Enfin, à soixante ans... « À nous les petites Anglaises », souriait-elle avec douceur.

Elle avait attendu toute une vie cet âge tardif. Elle n'avait pas eu d'enfants, ni d'amants. Juste un mari. Et l'ennui conjugal d'un mariage jamais consommé. Elle était donc à présent une vraie vieille fille. Son visage était rond. Une bille de clown joyeux et des yeux d'enfant. Ses origines russes lui donnaient des airs de vieille babouchka égarée.

C'était deux jours auparavant, leur petite maison coquette et un peu étriquée par des années de silence avait brusquement tremblé de la chute dans l'escalier puis des cris du mourant. Elle n'avait rien pu faire, ou n'avait rien fait. Son mari s'était éteint après quelques minutes trop longues. C'était une génération où l'on ne divorçait pas. On attendait patiemment en rêvant aux dernières années d'une possible fin heureuse.

Blanche était enfin seule. Libérée. Dans l'attente de sa deuxième vie.

Blanche était connue dans son quartier. Elle habitait une banlieue rouge, multi-couleurs et multitolérante. On l'aimait pour son mauvais caractère et sa gentillesse inaltérable. Sa rue formait le quartier russe de cet endroit paumé post-couronne. Elle insistait toujours sur le mot « couronne », car c'était bien la seule chose qui lui rappelait ses origines aristocratiques. Ses parents avaient quitté la Grande Russie à l'âge de vingt ans, lors de l'abdication de Nicolas II. Ils s'aimaient d'un amour fou, bien sûr impossible, portés par un immense espoir où naissait leur complicité jumelle. Ils étaient arrivés avec quelques compatriotes ne maîtrisant qu'un russe sophistiqué et littéraire. Pour survivre, il leur avait fallu apprendre le français des rues, la débrouillardise parfois roublarde. Ils n'avaient pas souffert du manque même s'il était bien là. Le plus cruel avait été, comme toujours, le regard de l'autre. La peur de ce qui était différent. Cette peur qui rejetait et marginalisait. Heureusement aussi, des mains longues et fines tendues pour un secours généreux. Un regard si respectueux qu'il donnait le courage d'avancer. La mère avait ouvert une épicerie russe. Le père avait emprunté l'habit de peintre.

Après quelques années de cache-misère où la guerre avait creusé son trou, tombeau de ses grands morts, ils avaient pu s'installer dans cette petite maison. Blanche y avait vu le jour, petite fille unique dans son couffin d'osier. Elle avait appris le russe d'une princesse et le français populaire. Cette étrange dualité lui donna une capacité d'adaptation à toute épreuve. Elle savait jongler d'un monde à l'autre. Son honneur était russe. Et ses petits mensonges français. Son allure était simple, joyeuse et sans chichis. Son maintien et ses réactions anachroniques évoquaient la Grande Catherine et la splendeur de son temps. Élève médiocre, elle avait quitté tôt l'école pour devenir couturière chez les élégantes des quartiers gâtés. Ce métier lui allait comme un gant. Il lui permettait d'assouvir sa curiosité pour le joli monde. Il satisfaisait également ses envies de création. Elle devait néanmoins brider son imaginaire car on lui demandait surtout de copier des modèles existants. Ses clientes, issues du monde bourgeois, ne savaient qui suivre et n'inventaient pas. Elle aurait rêvé coudre et broder pour les grandes excentriques fortunées qui n'hésitaient pas, à coup d'audace et de modernité, à inventer la mode de demain. Là, il s'agissait surtout d'uniformité ; il fallait rester dans le juste ton pour ne pas effrayer les maris. Tout était sous contrôle, même la longueur de la jupe. Confrontée à plus ou moins de gentillesse, Blanche parfois planifiait de petites vengeances. Une cliente qui l'avait lâchement humiliée eut droit à un tissu qui grattait si fort qu'elle en eut le postérieur rougissant, et ne put s'asseoir d'une semaine. Lorsqu'elle vint se plaindre à Blanche, celle-ci, ravie, prit un air surpris et choqué. Elle répondit avec aplomb que cette étoffe était utilisée à la grande cour de Russie. Sa cliente porta donc la robe, malgré ses inconvénients : pour la première et dernière fois de son existence et malgré elle, cette petite dame inventait un style.

Une autre de ses clientes, pimbêche et méprisante, l'avait ridiculisée en public en se moquant de la qualité de son travail. Blanche, consciencieuse et appliquée dans sa vengeance, décida de lui rendre la pareille. Elle mit au point un piège fatal : la jupe de l'effeuilleuse. Une jupe qui finissait immanquablement par tomber aux pieds de celle qui la glissait. On entendit longtemps parler de l'histoire d'une petite dame étriquée ayant perdu sa jupe en pleine rue.

Blanche perdait une cliente et gagnait un fou rire. Son rire était généreux, communicatif et il tintait au loin.

À la mort de ses parents, il lui fallut trouver un mari pour s'occuper de la maison. Si petite fût-elle. Dans la même rue un peu plus haut, le fils de Maia et Alexandre Berchnicoff ferait l'affaire. Elle alla se présenter, lui demanda sa main, ce qui n'était pas très conventionnel. Elle lui promit une vie reposante en échange de l'entretien de la maison, du jardin et surtout du potager. Vladimir avait une grosse moustache. Il aimait la vodka et les fleurs. Aussi dit-il oui sans hésiter. Leur mariage, d'amitié plus que d'amour, réunit dans l'église russe toute la communauté voisine.

Ensuite, Blanche cuisina des jours entiers pour ses invités. Un énorme plat de bortsch trônait au milieu de la salle à manger, servi dans une marmite en fonte. Des sibirskie pelmeni, raviolis de toutes sortes, émergeaient des plats d'émail aux couleurs éclatantes. Les tables du salon étaient couvertes de zakouskis. Esturgeon fumé, saumon, saucisse, salade de pommes de terre, champignons à la crème aigre, chou en saumure, vinaigrette à la betterave. Les femmes s'affairaient, bourdonnantes d'efficacité.

Les hommes, Vladimir en tête, levèrent leurs verres de vodka glacée et de vin doux de Géorgie en chantant « Na Zdorovié ». En l'honneur de la mariée. En l'honneur des jolies chrysalides aux cheveux relevés. En l'honneur de ces mets parfumés. Le ton devenait de plus en plus enjoué. Les mots s'accéléraient. Certaines jeunes filles s'égaraient dans la maison. Pas perdues. Juste accompagnées. Blanche, dans sa robe virginale de jeune femme de quarante ans, souriait et observait. Elle avait laissé ses cheveux blond-blanc flotter au gré du vent de ce joli mois de mai. Ne sachant trop comment exprimer sa coquetterie, elle avait mis à chacun de ses doigts une grosse bague de sa maman. Ce n'était pas nécessairement beau, mais cela ajoutait de la drôlerie. Ces pierres, précieuses ou non, avaient toutes des couleurs différentes afin de porter bonheur à cette union peu conventionnelle. Sa mère lui avait enseigné, quand elle était enfant, les vertus de chacune de ses breloques. De toute façon, Blanche, résignée, n'attendait pas grand-chose. Elle voulait un bon jardinier, un homme qui sache changer une ampoule et réparer une armoire fatiguée. Pas violent et pas trop bavard.

Son vœu fut donc exaucé, porté peut-être par ces pierres vertueuses.

Lors du dernier jour, pour le dessert, un ptiche moloko géant prit la place d'une table entière. Le nom de ce délicieux gâteau voulait dire « lait d'oiseau » car une telle douceur, si raffinée, ne pouvait être l'œuvre que d'une créature céleste.

La meilleure amie de Blanche, Katerina, qu'elle connaissait depuis sa plus tendre enfance, lui avait réservé une surprise magnifique. Elle savait que, petite, Blanche avait droit avant de s'endormir à une histoire inventée par sa maman. C'était la vie d'une famille d'oiseaux dans une grande volière du temps de la famille impériale. Blanche avait beaucoup rêvé à ces volatiles de mille couleurs, à leurs chants mélodieux, à leur liberté volée. Enfermés dans une grande cage. Contraints de n'être que charmants. Tous les soirs, un oiseau particulier prenait forme dans la bouche de sa maman. Elle lui inventait un chant bien à lui, ramage à la douceur enjôleuse. C'était pour Blanche le plus raffiné des cadeaux et le plus soyeux des souvenirs. Ce soir-là, Katerina portait de tout son corps une immense volière blanche qui la cachait. Au sommet du ptiche moloko, elle avait déposé une colombe blanche et roucoulante dont le cou plongeait, gourmand, dans le lait d'oiseau. Quelle merveilleuse image... Blanche pensait aux siens qui n'étaient plus là. À sa déjà solitude de femme mariée. Aux toiles colorées de son papa, cachées au grenier en espérant des jours meilleurs. Elle possédait cette résignation terriblement slave, cette résistance à la douleur écrite dans leur Histoire. Cette idée que l'on doit souffrir pour le bien de demain. Une patience infinie pour attendre un changement que l'on n'exige jamais.

Pendant trente-six ans, elle fut la douce compagne de Vladimir Berchnicoff dit le moustachu. Ses baisers poilus lui déplaisaient profondément. Mais la joyeuse bande du dimanche avec Egor, Dimitri, Boris et surtout Katerina comblait ses sens. Ils dissertaient tous ensemble sur le cours de la vie et sur le retour de la Grande Russie.

La discussion commençait souvent par des nouvelles du pays. Puis le débat s'enflammait quand on abordait la question politique. Egor, petit-fils désargenté d'un descendant de la famille impériale, critiquait avec véhémence la désintégration de l'Union, alors que, pour Vladimir, Gorbatchev était l'homme de la Providence. Un soir, le ton se mit à monter dangereusement. Les voix devinrent de plus en plus agressives, comme celles de deux ténors voulant la place unique dans un opéra tragique. Tout à coup, Vladimir infligea une gifle magistrale à son meilleur ami. Pas la gifle caressante qu'une mère culpabilisée donne à son enfant. Pas la gifle coup de poing qu'un inconnu adresse à un autre inconnu. Celle-ci était claquante, humiliante. Egor lui rendit la pareille. Ces deux caractères bien trempés s'assénèrent pendant plus de dix minutes une série de claques vexantes et virevoltantes. Puis Egor eut un fou rire face au ridicule de la scène. Il embrassa sur la bouche son meilleur ami. Vengeance ultime, il arracha de ses dents un poil de la moustache de Vladimir qui se mit à crier aussitôt, avant de rire à son tour de bon cœur. Blanche était descendue en trombe, affolée par le bruit. Avec leurs joues rouges, elle se dit qu'ils ressemblaient à de vieilles danseuses en tenue folklorique.

Tandis que les hommes demeuraient entre eux, Blanche et Katerina montèrent au grenier afin de partager leurs petits secrets. Ces délicieux moments d'intimité faisaient dire à Blanche que le paradis n'était rempli que de femmes. Blanche prit la main fine de son amie pour la porter à sa joue un long instant. Katerina était l'épouse d'Egor. Malheureusement celui-ci ne la voyait plus. Et le mariage de Blanche résonnait de ce lien fragile. C'était comme si l'échec de leur union pouvait influencer la sienne. Katerina et Egor s'étaient tant aimés. À la différence de Vladimir et Blanche, il ne s'était pas agi d'un mariage de raison. Katerina n'avait connu que lui. Elle ne contemplait que lui. Il avait quinze ans de plus qu'elle. Elle l'avait remarqué dès l'âge de cinq ans. Il habitait la maison d'à côté. Egor avait dû prendre la responsabilité d'une famille sans père, protégeant sa mère et couvant son petit frère d'une immense tendresse. Son papa n'était pas russe. Il avait à peine foulé le sol de leur maison. Sa maman gardait de temps en temps la jolie Katerina qui, haute comme cinq pommes, se redressait de tout son petit corps pour paraître plus grande.

Ce n'est qu'à l'âge de vingt ans que son charme solaire avait opéré auprès d'Egor. Leur histoire avait été douce, simple et heureuse. Aujourd'hui, le temps avait passé, les amours aussi. Katerina, dans les bras souples de son amie, laissait passer son chagrin, le silence entrecoupé de caresses sur ses cheveux. Pendant ces longues années d'une union heureuse, Egor n'avait connu qu'une face de la paisible Katerina. Elle, si secrète, s'était laissé sculpter par un mari Pygmalion qui la voulait prévisible et raisonnable. Celui-ci, au fond, avait dessiné le piège dans lequel il se trouvait : l'ennui conjugal. Lui, si passionné, avait gommé de ses mains le caractère de Katerina. Les pics étaient devenus des plaines. Les vallées soudainement comblées. Les sommets vertigineux ne touchant plus que le sol. L'âme survoltée de Katerina n'avait plus que l'apparence tranquille d'une femme installée, alors qu'en réalité son cœur se gonflait de torrents de feu. Il brûlait d'un désir ardent et malheureux. À ranimer.

Blanche savait le goût prononcé d'Egor pour les jolis mots. Sans avoir son talent d'écriture, elle suggéra à son amie d'adresser des lettres anonymes et enflammées à son digne époux. Au fond, Katerina ne s'autorisait à exprimer qu'une partie d'elle-même.

Dans les bras d'un autre homme, elle aurait peut-être révélé un tempérament excessif. Blanche était persuadée qu'une même femme pouvait prendre dix attitudes différentes dans les bras de dix hommes différents. La femme est complexe et multiple. Comme les facettes d'un diamant. L'homme est le tailleur de pierres, celui qui peut révéler les mille feux de son éclat s'il est adroit. Il était temps qu'Egor transforme sa précieuse épouse. Katerina, tous les dimanches, avec son amie, rédigeait une lettre qu'elle faisait envoyer le lendemain. Afin que ce courrier reste anonyme, il était écrit des mains de Blanche. Pour ajouter au mystère, la lettre était portée de bon matin le lundi par un petit apprenti boulanger. Les lettres sentaient alors, par le plus grand des hasards, tantôt la brioche au levain tantôt les sablés à l'orange.

Egor, au fil des lundis, reprenait des couleurs et de la coquetterie. Il se montrait légèrement distant vis-à-vis de Katerina et particulièrement assidu pour aller chercher le pain. L'apprenti n'ayant rien révélé de son lieu de travail, Egor passait le plus clair de son temps à goûter les religieuses au chocolat de toutes les boulangeries du quartier. Chaque samedi, au lieu d'offrir des fleurs à Katerina, il lui rapportait des madeleines et des financiers. Perplexe, il se demandait laquelle de ces boulangères était la sienne. Il les dévisageait si longuement dans l'attente d'un signe que, dans le meilleur des cas, elles rougissaient, dans le pire, il terminait à la porte, sommé de ne plus revenir. Ce genre de mésaventure l'arrangeait bien car il pouvait ainsi rayer la boulangère de ses fantasmes. Plus le temps passait, plus Katerina s'emplissait... des gâteaux de son bien-aimé. Elle, si chétive, se tapissait de courbes et de ronds, devenant ainsi de plus en plus appétissante.

Monsieur,

Le temps passant, mon attente de vous s'est transformée en un violent désir. Rien ni personne ne peut m'arrêter dans cet élan. Je vous vois. Je vous observe. Je vous contemple. Je vous attends. À 18 heures précises. Demain mardi. Le lieu vous est connu. À la boulangerie, rue des Acacias.

Votre amoureuse ardente.

Egor ne tenait plus en place. Déjà trente jours de correspondance assidue. Il était embarrassé car il ne savait plus comment s'y prendre avec une femme. Certes, elle était déjà conquise. Mais quand bien même, il demeurait inquiet. Le matin même, il alla chez son coiffeur. Katerina chez sa coiffeuse. Il parcourut les magasins de vêtements. Katerina aussi. Il laissa son déjeuner presque intact. Katerina également. Il ne remarqua pas la présence nouvelle de son épouse. Katerina, elle, le regardait, les yeux pleins d'éclat. Elle rejoignit l'après-midi son amie Blanche, la peur au ventre. Elle appréhendait à présent la réaction de son époux, quand il la découvrirait dans quelques heures. Blanche, toute en gentillesse, la rassura et l'aida à se préparer. Elle portait une robe ravissante de ses vingt ans qu'elle remplissait à nouveau de ses pleins si charmants. Blanche lui brossa ses longs cheveux blonds et bouclés.

Elle marchait maintenant dans la rue. D'un pas lent et hésitant, vers le lieu de rendez-vous. Il était presque l'heure. Face à elle, au loin, elle devinait la silhouette d'Egor. Alors que son époux s'apprêtait à franchir, ému, le seuil de la boulangerie, une apparition le happa.

Katerina de ses vingt ans était devant ses yeux. Ses seins ronds perceptibles sous sa robe. Ses joues roses à embrasser. Ses yeux rieurs. Comment avait-il pu l'oublier ? Elle lui dit d'une voix enjouée : « C'est moi, ta jolie boulangère. Ton gâteau à croquer. Ta pâte à pétrir. » Le regard d'Egor dérapa un instant vers la boulangerie où une femme revêche vendait sa baguette en bougonnant. Pas d'hésitation. « Ma belle Katerina, c'est bien toi la jolie boulangère ! Comment ai-je pu te perdre à ce point ? » Il la prit dans ses bras et la serra si fort qu'il lui fit mal. De bonheur, une larme coulait sur la joue de Katerina. Main dans la main, ils retrouvaient l'âme de leurs vingt ans. Ou plutôt ils découvraient la folie de leurs vingt ans.

Blanche ouvrit légèrement les yeux, encore somnolente... Ses jambes engourdies lui rappelaient ses soixante-seize ans tout ronds. Vladimir disparu, elle était seule, aux commandes de son avenir. L'enterrement avait lieu dans deux jours et elle y avait à peine songé. Elle leva son corps lourd pour préparer ce rituel particulier. Vladimir lui avait toujours dit qu'il souhaitait disparaître en vrai orthodoxe. Blanche avait été plutôt surprise car son mari n'avait jamais été un pratiquant assidu. Ce dernier paradoxe lui faisait songer que, en fin de compte, elle ne l'avait peut-être pas si bien connu. Katerina, silencieuse, venait d'arriver pour l'accompagner dans cette épreuve. Comme le voulait la tradition, la table était recouverte d'un drap noir. Un vase rempli de riz, du raisin et un peu de miel.

Katerina et Blanche étaient parmi les dernières survivantes de cette joyeuse échappée russe. Elles se regardaient en silence, les mains mêlées par une profonde affection. Blanche devait partir pour rencontrer le pope. Katerina lui proposa donc de ranger les affaires de son défunt époux, tâche pénible qu'elle souhaitait lui épargner. Katerina monta à l'étage et commença par le plus simple. Les vêtements. Elle les empila avec méthode et application dans des caisses qui partiraient à la Croix-Rouge pour ce qui était encore joli et chaud. Quant au reste, elle le donnerait à Andreï, son voisin qui vivait à coups de « récups ». Puis elle se dirigea vers le bureau pour classer tous les dossiers, afin de rendre une page blanche à son amie. En milieu d'après-midi, alors qu'elle pensait avoir presque fini, elle découvrit un petit cahier en cuir relié.

Il s'agissait des dernières volontés d'un vieux Russe. Katerina hésita longuement, comme prise par un pressentiment. Puis elle pensa à Blanche, à sa volonté de la protéger. Elle devait parcourir ces lignes. Ses mains tremblaient un peu.

La première ligne s'adressait à une femme. Katerina dévora les pages avec une rapidité gloutonne. Ses yeux volaient de mot en mot, revenaient en arrière pour tenter de comprendre. Son esprit analysait et disséquait pour rendre rationnel l'irrationnel. Ces feuillets étaient la description d'une passion simple et évidente.

Ces pages étaient pour l'Autre. Il lui racontait sa renaissance dans ses bras, sa vie d'homme austère tout à coup devenue joyeuse, la découverte d'un désir inconnu jusqu'alors, une nouvelle part de lui-même enfin révélée. Ces trois années vécues au rythme de leurs rencontres avaient illuminé son existence. À aucun moment il ne blâmait Blanche. Il avait aimé sa femme différemment. Il en parlait même avec douceur. Pas un seul instant Katerina ne jugea ses sentiments. Elle referma le cahier, déroutée mais compréhensive. Comment devait-elle préserver son amie ? Elle demeurait sans réponses. Au même instant, elle entendit des bruits dans l'escalier. Blanche avançait vers elle d'un pas léger, et le visage de Katerina s'emplit d'une douceur étrange.

Elle lui dit alors, presque en chuchotant : « Vladimir a laissé ces quelques pages pour une Autre. Il l'a bien connue et je crois qu'elle a compté. Il parle aussi de toi. Tu étais sa femme. Tu étais la première. Il ne vous compare pas. Vous êtes deux, indissociables dans son cœur. Dans tes bras, il était l'époux. Dans ses bras, il était l'homme. Je te laisse au calme. Je t'embrasse comme je t'aime. Je te vois dans deux jours. À l'église. » Blanche s'assit dans le fauteuil encore réchauffé du corps de son amie. Heureuse de ce sentiment de fusion. Elle ne pensait pas. Elle écoutait juste les bruits de cette maison. Les craquements du bois qui vit. Le silence habité par le souffle du vent. La poussière invisible et palpable. L'esprit de Blanche était en paix. Elle ouvrit simplement le cahier à la dernière page où dépassait un feuillet. Avec l'adresse de l'Autre. Sans lire le cahier, elle le déposa dans une grande enveloppe avec un carton précisant quand et où l'enterrement se déroulerait. Puis elle le fit porter à l'adresse indiquée. Son âme était apaisée.

Assise sur un banc de l'église russe, Blanche se souvint un court instant que, beaucoup plus jeune, la silhouette de ce lieu, avec ses petits dômes mordorés, lui rappelait le palais de Dame Tartine. Les quelques personnes présentes étaient chères à son cœur. Elle scruta l'horizon et devina la silhouette de l'Autre. D'instinct, elle sut que c'était elle. Elle lui sourit comme à une sœur. D'un pas élégant, elle se dirigea vers elle, lui prit la main et l'installa à ses côtés.

Au premier rang. Pour la première et la dernière fois, la position de l'autre femme était rendue officielle par celle qui aurait dû la détester. Elles savaient qu'elles ne se verraient plus. Mais elles existaient l'une pour l'autre. L'icône personnelle de Vladimir fut déposée entre ses mains soignées et tournée face à lui. Le pope posa sur son front un bandeau sur lequel était transcrite une prière. Trois chandeliers lourds et simples brûlaient au pied du cercueil. Un grand drap violet brodé de la croix orthodoxe couvrait celui-ci. Les amis de Vladimir se placèrent autour du défunt. Les deux femmes, chacune d'un côté, recueillies dans leur chagrin respectif. Alors que la cérémonie commençait, un jeune homme à l'allure élastique apparut et distribua dans l'assistance des cierges à allumer. Il ressemblait à un voyou déguisé en ange pour l'occasion. Une absence de conviction religieuse évidente émanait de lui. Blanche, intriguée, l'observait. Enfin, la petite communauté se dirigea vers le cimetière. Le pope se plaça devant le corbillard, la famille derrière.

Blanche, Katerina et les autres déposèrent une poignée de terre sur le cercueil. Le pope se retira dans une allée du cimetière afin que le petit groupe embrasse la croix et présente ses condoléances à Blanche. Celle-ci observait toujours le jeune homme à l'allure fébrile dont elle avait appris qu'il se nommait Pierre. Curieuse, elle avait également compris qu'il n'était pas orthodoxe. Elle trouvait donc sa présence singulière. L'Autre, de sa silhouette frêle, s'approcha d'elle et lui souffla quelques mots avant de disparaître pour toujours. Personne ne sut jamais ce qu'elle avait pu lui dire, mais le sourire de Blanche à cet instant fut simplement lumineux.

Après la cérémonie funéraire, Blanche accueillit tout ce petit monde dans sa maison, les mains tendues et la générosité au cœur. Son attention se concentra un instant sur Pierre : il regardait autour de lui, nerveux. Elle n'y prêta bientôt plus garde et s'attarda sur les enfants, un verre de lait chaud à la main, tandis que Katerina faisait circuler quelques douceurs et sucreries.

C'était bien fini. Étrangement, sa silhouette courbée du matin se dressait à présent, comme délestée de pierres trop lourdes à porter. Elle était soulagée d'avoir su son mari heureux dans les bras d'une autre et heureuse qu'il l'ait aimée telle qu'elle était elle, la petite couturière du quartier au cœur gentil et simple. Elle ne dit pas un mot lorsqu'elle vit Pierre subtiliser d'une main discrète quelques objets sans grande valeur.

Egor ne marchait plus. Katerina le poussait délicatement dans sa petite chaise. Elle prit un peu de vodka glacée pour humecter sa bouche. Il sursauta. Ranimé. Lui sourit pour l'assurer de sa présence affectueuse. Elle l'aidait à se nourrir comme une mère son enfant. La vie leur avait offert un amour de jeunesse fougueux puis un amour de maturité qu'ils n'attendaient plus. Aussi Katerina pouvait-elle aujourd'hui tout endurer. Elle lui avait promis de veiller sur lui, indéfectible jusqu'à la fin.

Pierre prit son violon, encouragé par la vodka. Un son exquis et délicat remplit soudain la pièce. Les enfants se mirent à battre la mesure. Ils firent des rondes, entraînant les grandes personnes dans leurs mouvements. Le temps d'un refrain, la magie opéra. On était passé des larmes aux sourires. Puis aux rires, en voyant de très vieilles babas tenter quelques pas de danse de leurs vingt ans. Certaines s'écroulaient par terre, les deux jambes en l'air. D'autres s'écrasaient sans pouvoir se relever. Seules Katerina et Blanche, unies dans une même grâce, semblaient flotter d'aise au milieu des autres.

Blanche, à présent fatiguée, s'approcha doucement de Pierre. « J'ai vu ce que tu as pris. Ton geste est lourd de sens. Tu dérobes à celui qui t'accueille. De quel sang es-tu fait ? Le mien est pur et je ne peux tolérer cela. Je te prie de quitter les lieux sur-le-champ. En réfléchissant à la conséquence de tes actes. » Le jeune homme n'avait jamais entendu de telles paroles. Blanche avait prononcé ces mots presque en silence mais avec une telle force ! Penaud, il prit son manteau et sortit discrètement, habité pour la première fois par un dialogue intérieur.

Le lendemain, aux aurores, Blanche entreprit de se débarrasser d'une grande partie de son passé. Elle ne reniait rien de son histoire. Elle souhaitait juste s'alléger. S'offrir des ailes pour s'envoler ailleurs. Une grand-mère sans petits-enfants, avec des ailes de papillon. Il était temps, à soixante-seize ans. La sonnerie retentit. À la porte, l'air sombre, Pierre lui tendit ce qu'il lui avait volé la veille. Elle lui ouvrit de nouveau les portes grandes. Elle ne lui posa pas de questions. Devinant sa détresse, elle lui proposa de l'aider à réaménager sa maison. En échange de quoi elle lui offrait gîte et couvert. Ce tandem était pour le moins étrange : le jeune voyou et la vieille icône. La roublardise et le pardon. En apparence, l'inverse et son contraire. Mais beaucoup de similitudes en réalité. Pierre avait été comme Blanche au départ, cependant la vie et sa violence l'avaient fait dérailler. Ils ne se parlaient pas beaucoup mais leurs regards en disaient long sur leur complicité grandissante. La maison était là à présent, vidée de son histoire. Les meubles et les babioles encombrantes avaient été vendus au plus offrant. Pierre se chargea de ce petit trafic. Avec une honnêteté croissante. Au début, la commission qu'il prélevait prenait au moins deux zéros. Maintenant ce n'était plus qu'un zéro et souvent même rien du tout. Aussi Blanche lui disait-elle, moqueuse : « Tu progresses, mon garçon ! De jour en jour... »

C'était drôle de les voir ensemble, au marché, le samedi matin. Le loustic de banlieue portant le panier à provisions afin que Blanche ne souffre pas du dos. Parfois, il houspillait la foule pour qu'elle s'écarte au passage de sa bienfaitrice. Blanche savait que les cancans allaient bon train dans le voisinage. Elle n'en avait jamais fait grand cas pour elle-même mais refusait de voir son jeune ami blessé par ces bêtises. « Il est difficile de faire comprendre qu'un homme et une femme vivant ensemble ne sont pas nécessairement amants », lui disait-elle. Au fil des mois, il devenait de plus en plus protecteur. Régulièrement, il s'échappait belle pour quelques jours de vie sauvage. Mais il revenait toujours, fidèle à Blanche et à sa petite maison.

Ce jeune homme était un être étrange. Son histoire personnelle l'avait déterminé. On avait décidé pour lui.

Pierre avait grandi dans un cirque de troisième zone où finissaient ceux que les cirques de renom avaient rejetés. Sa maman était trapéziste. Son père, un homme qui n'avait pas assumé. Sa maison, une petite roulotte violette. Comme le prénom de sa maman. C'était la cinquième trapéziste engagée par le propriétaire, et celui-ci décréta qu'on l'appellerait « E » comme la cinquième lettre de l'alphabet, afin de se simplifier la vie. Au début, Violette en souffrit cruellement. Puis, un peu résignée d'être réduite à l'état d'une lettre, elle en fit un jeu. Elle se dessina un costume bariolé de personnages de bande dessinée. Puis elle cousit de ses petites mains habiles une jolie robe de scène courte, délurée et pailletée, avec un « E » brillant en son centre. « E » connut son heure de gloire. Son minuscule Pierre dans un panier, puis plus tard dans un chariot à provisions, l'escortait dans ses déplacements de Niort à La Rochelle.

Puis de La Rochelle à Dinard. Elle suivait le cirque, heureuse d'avoir trouvé une famille. Comme elle était gentille, on l'aimait bien. Pierre n'allait pas à l'école. Pour les services sociaux, il n'avait aucune existence officielle. Il était né dans une roulotte et n'avait pas été déclaré. Sa maman l'appelait « trésor » en roulant les *r*. Malgré son métier au rythme cahin-caha, elle était exemplaire. Les matinées étaient consacrées à l'apprentissage des chiffres et des lettres. Les après-midi, dès l'âge de six ans, Pierre aidait à l'entretien des animaux : un cheval boiteux, un singe sans dents et un lama pelé. Il regardait les acrobates voltiger. Ils prenaient des risques crescendo sans filet. Si l'un d'entre eux avait un accident, c'était la fin d'une vie. Aucune assurance officielle ne pouvait les sauver.

Aussi le fameux tour, baptisé de façon cynique « le saut de la mort », prenait-il des allures de pile ou face. Pile, la vie jusqu'au lendemain. Face, la chaise roulante. Les yeux de Pierre, écarquillés, suppliaient pour que le drame n'arrive jamais. Il aimait beaucoup l'un d'entre eux, dit « DD la frime ». Quatrième acrobate dans son heure d'arrivée, cet homme avait eu droit à deux D car le patron l'appréciait. Il rapportait gros. Il lui avait dit : « Tu comptes pour deux dans mon tiroir-caisse. » « DD » aidait « E » en prenant soin de Pierre comme un grand frère l'aurait fait, en posant à cet enfant quelques limites faiblement définies. C'était mieux que rien.

« Ce cirque est ma maison », se disait Pierre en contemplant le grand chapiteau jaune et rouge. Oui, ils vivotaient tous plus ou moins bien mais ils vivotaient joyeusement. Le chapiteau était recousu. La toile qui recouvrait les endroits en péril était une grosse lune rouge en tissu brillant. L'orgue de Barbarie, à l'entrée du cirque, résonnait du matin au soir. Déguisé en groom, le singe faisait tourner, sans s'arrêter, la manivelle magique.

Ce petit air lancinant était le premier souvenir musical de Pierre. Il avait même appris à réparer l'instrument. Car la chose devenue personne, tant on prenait soin d'elle, était âgée de trente-deux ans. Les souvenirs qu'il gardait de sa maman étaient aussi associés à l'odeur du cirque. Des friandises colorées et rebondies comme les courbes de sa jolie « E ». Le parfum d'une barbe à papa dont le sucre éclatait dans la bouche et poissait aux doigts trop empressés. Les pommes d'amour toutes scintillantes qu'il dévorait des yeux sur le stand de Loulou, grand chef des bonbons devant l'Éternel. À la fin de la soirée, il le soudoyait afin de récupérer un de ces fruits enchanteurs pour sa maman. Il arrivait fièrement à la porte de la caravane avec son trophée tout rouge, entrait sans frapper. Le plus souvent, elle se regardait dans la glace et se démaquillait de ce « trop voyant », de ce « trop collant ». Elle comptait ses rides au coin des yeux en pensant au temps qui passe. Lucide sur ses gestes d'acrobate moins assurés et moins précis, elle regardait avec intensité son petit bonhomme au regard aussi rond que la pomme qu'il tenait au creux de sa main. Pierrot lui mentait, la gorge serrée. Lui disant qu'elle était de plus en plus belle. Elle l'enlaçait tristement et tendrement. Un peu plus absente chaque jour. Une fois, il l'avait retrouvée étendue sur son matelas trop mou. Quelques larmes silencieuses roulaient sur ses joues, chaque semaine un peu plus creuses. Pierrot savait qu'elle était de moins en moins capable de monter sur son trapèze. Mais elle le devait pour que son enfant continue à grandir, à manger, à dormir et, certains grands jours, à apprendre. Pierrot, fort de ses douze ans, devenait de plus en plus protecteur et inquiet. Ils s'étaient fait une promesse. Quand il aurait quatorze ans, elle arrêterait de travailler. Il prendrait la suite, vivrait de petits boulots et s'occuperait d'elle. « J'installerai ta caravane au bord de la mer, en haut d'une dune de sable. Je t'enroulerai de couvertures afin que tu n'aies pas froid. Je soufflerai sur ton visage tendu afin que tes traits s'adoucissent enfin. Je caresserai tes doigts fragiles pour qu'ils ne tremblent plus.

» Je te promets, belle maman. Je te serrerai aussi fort qu'un vrai papa. Comme celui dont j'ai souvent rêvé les yeux grands ouverts... »

Pierrot était installé comme à son habitude dans sa cachette pour épier son acrobate magique. Ce soir-là, « E » était particulièrement fatiguée. Son pied gauche la faisait souffrir. Elle avait mis un temps infini à glisser ses jolis pieds fins dans ses chaussons de danseuse de pacotille. Pour qu'ils paraissent raffinés, elle avait cousu deux pointes de rubans en satin qui s'enroulaient autour de ses jambes longues et musclées, comme deux serpents amoureux de leur liane. Son corps s'était aminci ces derniers mois. Pierrot voyait soudain ce qu'il refusait d'admettre depuis quelques semaines. Sa maman était malade. Elle se soignait en cachette, tendue de l'énergie désespérée d'une mère seule luttant pour le rêve de son petit garçon. « Encore quelques tours et puis s'en vont à la mer avec la caravane repeinte en bleue », se disait-elle pour se donner du courage. Son entrée sur la scène avait été hésitante. Pierrot regardait ses mouvements comme un film au ralenti, que rien ne peut pourtant arrêter. Il découpait dans son esprit chacun des gestes de « E » qui paraissait flotter dans l'air comme une libellule aux ailes translucides et friables. Elle se balançait sur son trapèze. Son chignon était bancal. Elle s'était maquillée maladroitement. Son visage était triste. Son regard perdu dans la foule cherchait son petit garçon. Elle connaissait par cœur sa cachette mais elle fut très longue à le trouver. Des larmes coulaient au coin des yeux de Pierrot.

Ils avaient établi un code pour communiquer dans ces moments-là. Un clignement d'œil de son trapèze signifiait « ça va ». Deux clignements d'yeux, « c'est dur ». Ce soir, « E » cligna trois fois. Trois clignements n'étaient pas inscrits dans leur code. Pierrot comprit sa détresse. Il se précipita vers le centre du chapiteau en écartant les bras tendus vers le ciel. Sa maman s'écrasa à quelques mètres de lui. Inanimée. Il s'accrocha à son corps et se colla à elle, recroquevillé. Ils ne bougeaient plus. La foule médusée fut invitée à quitter les lieux au plus vite. Pierrot se rappela juste les cris de panique autour de lui, les sirènes hurlantes... les couleurs qui lui faisaient mal aux yeux. Collé toujours aux jambes de sa maman, il fut transporté avec elle à l'hôpital le plus proche.

Elle ne parlait plus. Elle lui souriait, les yeux remplis d'amour. Elle cligna une seule fois des yeux et s'endormit à jamais.

Pierrot le « sans nom », le « pas déclaré », de père inconnu et mère décédée, était contraint d'atterrir dans un foyer. Abandonné à lui-même, il sombra d'un cran dans la fêlure. Il s'isolait. Il errait dans un monde imaginaire. À dix-huit ans, il sortit de son foyer. Prêt pour la vie de « dehors ». Après quelques années chaotiques, faites de bonnes ou de mauvaises rencontres, il trouva un job en or, assistant pope. C'était inespéré vu son absence de foi religieuse, mais le pope était un saint homme. Il obligea néanmoins Pierrot à apprendre le russe.

C'était pour cela que Pierrot et Blanche parlaient russe lorsqu'ils se disputaient : Pierrot trouvait que les intonations de cette langue étaient plus expressives quand on devait dire des horreurs. Blanche, par honnêteté intellectuelle, l'avait poussé à renoncer à ses aspirations religieuses. Elle savait qu'il participait toujours à quelques combines un peu louches. Ce qui lui donnait parfois l'impression qu'elle hébergeait sous son toit Clyde Barrow. À soixante-seize ans, ce n'était pas du meilleur ton mais, grâce à cela, elle gardait l'esprit jeune. Dans les bons jours, il l'appelait Bonnie, en lui disant qu'avec sa moue à la Bardot elle lui faisait tourner la tête. Un jour, alors que Pierrot traînait des pieds pour aller chercher du travail, elle lui proposa à nouveau de s'attarder sur sa maison. Au départ il protesta, un brin moqueur : « Avec ce que tu me donnes, on arrivera tout juste à en faire une isba de banlieue. » Elle lui répondit, le regard miel : « Sois inventif. Juste avec de toutes petites touches, tu peux rendre cette maison joyeuse. » Après quelques heures d'hésitation, il accepta.

Dès les premiers beaux jours, Pierrot se mit à l'ouvrage. Il commença par nettoyer et raboter avec soin chaque façade en bois. Il posa des planches neuves là où le temps avait fait son œuvre. Refixa les pièces en déséquilibre. Remplaça les attaches manquantes. Sillonna les ateliers de charpenterie du quartier afin de récupérer pour pas cher quelques indispensables.

Il choisit un bleu outremer comme teinte principale. Mit les volets à terre afin que Blanche participe à l'action. Elle décida de les peindre en bleu cobalt. Assise en tailleur à même le sol, son tablier fleuri autour de la taille, elle chantait Piaf, ses pinceaux à la main. Lui, excédé, scandait du Mick Jagger et l'appelait mère-grand à longueur de journée. Pour le jardin, Madame fit sa princesse slave et exigea une roseraie. Pierrot demanda conseil à une vague connaissance, horticulteur de son état. En échange d'une télé à la provenance obscure, celui-ci relooka le jardin. Il tailla les arbres, remit d'aplomb les massifs de fleurs et désherba la petite allée. Enfin, il installa au fond du jardin quelques rubans de roses blanches. Pierrot imagina alors de réserver à Blanche une jolie surprise. C'était compliqué mais il prit son temps. Il se renseigna à la bibliothèque de la ville pour savoir comment l'on fabriquait une telle chose. Quel était le bois le mieux adapté ? Quel était le meilleur emplacement ? Embarrassé, il alla même voir son ami le vieux pope pour solliciter ses lumières. Celui-ci n'y connaissait rien mais, face à une interrogation concernant la Russie, le vieil homme faisait figure d'autorité suprême pour Pierrot.

Aux premiers jours d'été, la surprise fut enfin terminée. Il mit un bandeau de coton noir sur les yeux de Blanche et l'emmena au fond du jardin. Quand elle ouvrit grand ses yeux, elle découvrit une petite cabane en bois, improvisée en banya en prévision de l'hiver. Vue sur la roseraie, pas de voisin à l'horizon. Émerveillée, elle dit à Pierrot : « Retourne-toi. » Elle enleva son tablier fleuri puis, toute nue, se faufila dans la minuscule maison où, comble du raffinement, l'attendait un venik de branchettes de bouleau afin qu'elle se fouette le corps une fois exposée à la vapeur chaude. Pierrot était heureux de la voir heureuse.

Même si la vie filait son cours, ces deux-là commençaient à tourner en rond. Désœuvré, Pierrot cherchait les coups fourrés. Il fréquentait de nouveau quelques-uns de ses bons amis, particulièrement bien choisis. Blanche prenait des airs décontractés mais elle l'observait attentivement. Elle savait qu'un petit rien pouvait le faire basculer. Un samedi matin, Blanche se rendit seule au marché. Pierrot dormait encore. Sur un stand, un bonhomme aux yeux très noirs vendait des marrons grillés. Blanche regarda, surprise, ses techniques de vente. Quand quelqu'un tentait de marchander, il cessait sur-le-champ la discussion. Il tournait même le dos à son client afin de fermer tout dialogue. Les clients, un brin masos, faisaient alors le tour du stand, doublaient la mise et raflaient le cornet en carton, heureux d'avoir mis le prix fort. Blanche assista, hilare, à cette succession de scènes étranges. Elle s'approcha. Une jeune femme se dirigeait vers le petit vendeur au même moment. Elle dit avec mépris, sans dire bonjour et sans regarder son interlocuteur : « Je vous prends dix cornets. Ça fait donc trente euros. » Cette vente était inespérée à la fin de sa journée. Pourtant le garçon lui répondit, également sans la regarder : « Les ventes sont terminées. Il n'y a plus rien à acheter. » La femme repartit en murmurant, peu courageuse, une insulte inaudible.

Blanche interpella alors le jeune marchand d'une voix forte : « Toi, tu ne manques pas d'air ! Pétri d'orgueil, tu refuses une vente à une jeune bique dont le ton ne te convient pas. D'une certaine façon, tu as raison, elle était grossière. Mais il s'agit quand même de trente euros ! D'où viens-tu ? Où sont tes parents ? » Le petit homme, furieux de cette altercation, répondit : « Je viens de Nulle Part. Mon papa habite Mars. Ma maman Vénus. Comme vous dites chez les grands. Alors tu vois, mon orgueil, c'est ce qui me sauve la vie. C'est ce qui me maintient debout. Et moi je me débrouille pour que chaque jour qui passe soit un jour de plus. Maintenant, si tu as une meilleure idée, je suis preneur. » Il commença à ranger son stand, la tête enfoncée dans le cou. Blanche déclara, respectueuse : « Monsieur, me feriez-vous l'honneur de me vendre vos derniers cornets de marrons chauds tant ils sont délicieux ? » « Pas besoin de m'appeler Monsieur : mon prénom c'est Yvon. Et, comme tu le demandes gentiment, je vais même t'aider à les porter jusqu'à chez toi. » Blanche et le petit garçon se dirigèrent, silencieux, vers la maison de bois. Ce fut le premier enfant perdu et retrouvé...

Une fois devant la porte, Yvon la regarda avec insistance. « Si tu veux, je peux t'aider à préparer tes marrons. Je sais bien cuisiner. Je sais mettre la table. J'ai de la conversation. Je peux te parler des nouvelles du marché. Je me lave bien les mains. Même les dents quand j'ai une brosse et du dentifrice. Je dors par terre. Comme cela, tu n'as pas de draps à laver. Et comme je suis fier, je demande rarement quelque chose. » Il entra sans se faire prier. Pierrot était avachi dans le canapé. « Je te présente Yvon, dit l'orgueilleux. » Pierrot bougonnait déjà à l'idée de partager son territoire. Le petit garçon se mit au travail, trop content d'avoir trouvé un endroit où dormir sans avoir besoin de se raconter dix fois pour émouvoir. Blanche improvisa un lit dans une chambre à l'étage. Le dîner fut un festin. Les poches d'Yvon étaient remplies de petites fioles transparentes contenant des épices. Le lendemain matin, quand Blanche se réveilla, Yvon avait déjà disparu.

Elle se dit au fond d'elle-même, un peu triste, qu'elle aurait pu faire plus pour ce petit bonhomme. En fin d'après-midi, Yvon sonna à la porte, accompagné d'un rouquin à la tignasse ébouriffée. Il était sale et ne sentait pas très bon. Ils la fixaient tous les deux, sans rien dire, se tenant par la main. Pierrot, qui passait par là, leva les yeux au ciel : « Dis donc, Monsieur Sans-Gêne, c'est toute ta famille qui débarque ? » « Oui, justement c'est bien ça. Voilà mon petit cousin Alain qui, lui aussi, habite Nulle Part. » Blanche le prit par le col, du bout des doigts, et déclara : « Nettoyage d'hiver ! » Elle fit couler un bain chaud, sortit une chemise en laine qui ferait pyjama d'enfant et dressa un nouveau lit à côté de celui d'Yvon.

Après une bonne heure où elle n'entendait plus un bruit dans la salle de bains, Blanche monta à l'étage, ouvrit la porte et découvrit un nuage de mousse rose débordant de la baignoire où trônait le petit Alain, allongé de tout son long. Il avait vidé la bouteille de bain moussant. Un drap d'écume enroulait son corps telle une toge romaine. Pour couronner ce moment de langueur enfantine, il avait installé la radio sur le lavabo et avait amoureusement déposé sur le radiateur brûlant la plus voluptueuse des serviettes de bain. Alors qu'il sortait enfin, il glissa au sol, les pieds poisseux de la bouteille d'huile d'amande douce dont il avait également fait un usage immodéré. La salle de bains était devenue patinoire. Il riait aux éclats en scandant : « Je suis heureux ! Je sens bon ! » Il passa devant Blanche, les fesses collées au sol, et s'allongea par terre les bras en croix, exténué de tant de bonheur en criant de nouveau : « Je suis heureux ! Je sens bon ! » Après Yvon l'orgueilleux, Blanche avait accueilli Alain le jouisseur.

« Jamais deux sans trois », pensa Pierrot en regardant le troisième larron étendu devant la porte, un petit matin où il s'apprêtait à sortir. Le diablotin, à peine réveillé, bondit sur ses pieds, au garde-à-vous devant Pierrot. « Oui, je sais. Laisse-moi deviner... Toi aussi, tu viens du fameux Pays de Nulle Part pour te diriger vers le pays du "On mange bien, il fait chaud et ça sent bon". » Sans un instant d'hésitation, Pierrot lui ouvrit grand la porte, conscient tout à coup que lui aussi venait de ce même pays.

Le dénommé Joe, parce qu'il était riquiqui et à cause de Joe Dalton, s'installa tout joyeux à la table de la cuisine devant Pierrot qui lui déposa du pain, du beurre salé, de la confiture de caramel au lait et un bol encore fumant de chocolat chaud. Il commençait à prendre au sérieux son rôle de patriarche de la famille Nulle Part. Le petit garçon, tout rond de gourmandise, enrobé par un trop-plein de bonbons et de douceurs, contemplait, rêveur, sa future tartine. Il la caressait du bout des doigts, écoutait légèrement craquer la croûte encore tiède. Il reniflait la mie pour se reposer dedans. Lentement, il beurrait le centre puis les bords. Profitant d'un moment d'inattention de Pierrot, il engloutit un morceau de beurre qu'il laissa fondre de longues minutes. Puis il déposa une couche de confiture de lait aussi épaisse qu'une couette des temps anciens dans des pays très froids. Après avoir pris une bonne dizaine de minutes pour la savourer, il dit à Pierrot en découpant chaque syllabe : « Tu sais, ma tartine elle était con-for-ta-ble. C'est triste qu'elle soit déjà mangée. » Pierrot éclata de rire et lui en prépara une deuxième à l'allure moelleuse. Blanche, réveillée par le bruit, entra à cet instant dans la cuisine et comprit, voyant la scène, que ces responsabilités-là manquaient précisément à Pierrot pour qu'il devienne un homme.

La vie les lui apportait. Elle lui demanda alors d'aménager un dortoir, pressentant que cette série d'arrivées n'allait pas s'arrêter là. Pendant ce temps, elle fit visiter la maison, son jardin et surtout sa roseraie à Joe, le dernier venu. Elle était repartie prêter main-forte à Pierrot quand le petit garçon découvrit, émerveillé, le banya. Yvon, la malice à l'œil, lui expliqua la tradition russe. Une heure plus tard, Blanche et Pierrot couraient à la fenêtre, alertés par de grands cris de joie dans le jardin.

Un lutin nu comme un ver et luisant de miel se roulait dans l'herbe gelée. Yvon le fouettait délicatement à coups de branches de bouleau, tout heureux de sa bêtise.

Joe, les mains pleines de miel, n'en finissait pas de lécher ses doigts potelés. Winnie l'ourson et son copain furent sévèrement punis. Privés de dessert pendant plusieurs jours...

Pierrot restait de plus en plus souvent dans la maison. Pour s'occuper des trois garçons. Il souhaitait à tout prix les inscrire à l'école. Afin qu'ils apprennent. Mais il savait qu'il ne pourrait pas car ces enfants seraient alors placés en foyer, loin de cette tendresse dont ils avaient tant besoin. Tandis que les beaux jours arrivaient et qu'ils jouaient tous ensemble dans le jardin, Yvon dit à Pierrot, soudain grave : « Tu sais, j'ai d'autres petits frères de Nulle Part. On doit s'en occuper aussi. J'en ai un qui tape sa tête contre les murs. Elle va exploser si tu ne viens pas le chercher. »

Le soir même, l'équipée sauvage, au volant d'une 2CV jaune citron, déglinguée mais retapée, se gara discrètement dans une rue sombre. Un sinistre immeuble abritait un sinistre foyer. Yvon lança des cailloux à une fenêtre. Surgirent deux visages pâles dont les faces tristes et blafardes étaient illuminées par la lune. Pierrot lança une corde. Il vit deux silhouettes descendre à toute vitesse, les corps glisser jusqu'en bas. Pierrot sentit aussitôt que ces deux-là allaient être difficiles.

L'un, petit homme en colère, risquait à tout instant de se faire mal. L'autre avait le regard envieux de celui qui souffre de croire ailleurs toujours plus joli qu'ici. Au retour, dans la voiture, planait un silence de plomb.

Blanche les accueillit avec simplicité et gentillesse. Elle prit sous son aile Hector, dont la tête était cabossée à force d'avoir été cognée. Elle lui tricota une cagoule rembourrée de coton qui fit sourire le petit garçon. « Il retrouvera peu à peu son calme et sa sérénité », se promit Blanche, touchée dans son cœur. Sébastien posait en revanche plus de difficultés car tous ses gestes étaient calculés pour se faire rejeter des autres. Il se rendait méchant au point de finir toujours seul. Ce qui lui donnait raison dans son idée ancrée au plus profond de lui qu'il ne valait rien. La stratégie de la maisonnée, afin de l'apprivoiser, consista à le couvrir d'affection malgré ses mauvais tours. En posant néanmoins quelques limites. Il était jaloux d'Hector, pourtant mal en point, à cause de l'affection particulière que lui portait Blanche. Il voulait prouver aux autres que Blanche le traitait mieux. Elle lui avait pourtant expliqué qu'elle les aimait tous autant. Juste de manière différente. Une fois, alors qu'il scrutait avec envie l'assiette d'Hector, Blanche le força à compter les petits pois des deux assiettes, un par un, pour vérifier que les deux enfants en avaient précisément le même nombre. On sombra dans le ridicule quand Blanche coupa en deux la voiture électrique tant convoitée d'Hector.

Sébastien eut à cet instant un déclic. Il recolla la voiture et l'offrit à Hector en embrassant chacune de ses bosses.

La villa-dortoir du deuxième étage était prometteuse de talents. Yvon, le premier arrivé, menait son monde. Comme il était l'aîné et approchait bientôt de ses treize ans, il distribuait les rôles. Sébastien, un peu moins jaloux chaque jour, jouait l'âme généreuse du groupe. C'était difficile. Sa souffrance de bon acteur se révélait dans chacun de ses traits. Surtout quand il devait prêter ses jouets préférés à Hector. Ses mains hésitaient et reprenaient. Parfois, elles cachaient honteusement sous un meuble l'objet de convoitise. Ce qui faisait dire à Hector, hilare : « Tes mains sont égoïstes. Il faut les punir. Je vois bien les efforts que tu fais sur ton visage mais tes mains sont désobéissantes. Je vais t'aider. Je vais prendre un couteau pour les couper. » Il fonçait dans la cuisine, en revenait armé jusqu'aux dents. Sébastien hurlait et, comme envoûté, donnait tous ses jouets, ses chaussettes, son pantalon et même son appareil dentaire. Hector riait aux éclats, un peu heureux de cet amour inattendu.

Blanche ajouta une règle à leur jeu. À la fin de chaque semaine, le plus heureux des cinq enfants devait écrire une lettre d'amitié à Hector. Quel moment émouvant quand le petit homme à cagoule montait à l'étage, son enveloppe à la main ! Quelques minutes plus tard, il redescendait les marches quatre à quatre, sa cagoule à la main, prêt à affronter le monde sans sa protection en laine. Chaque semaine, il restait la tête nue un peu plus longtemps. Un jour, il fabriqua même un collier de « Je t'aime » en papier pour Blanche, couleur « rouge passion » comme il le lui déclara.

Les bêtises allaient bon train. Un soir, Blanche et Pierrot étaient à la recherche d'Alain et de Joe depuis déjà plus d'une heure. Blanche était d'autant plus surprise que l'heure du dîner avait sonné et qu'elle connaissait les péchés mignons de ses deux nains. L'un la volupté, l'autre la gourmandise. Or ses cannelés qui sortaient du four, seule entorse à la gastronomie russe, répandaient une délicieuse odeur dans toute la maison. Tout à coup elle vit Pierrot sortir affolé du banya. Une première fois n'avait pas suffi. Alain était couché sur un nid de confiture en chantant à tue-tête : « Ah ce qu'on est bien quand on est dans son bain ! »

Joe reprenait en cœur « On fait des grosses bulles », grattant à la petite cuillère la confiture sur le ventre dodu de son ami. Blanche se mit dans une colère noire et cria des insultes en russe de manière qu'ils ne les retiennent pas.

Elle bouda dans sa chambre deux jours entiers. Jusqu'à ce qu'ils viennent tous se réfugier dans son lit. Pour demander pardon et pour câliner. Une décision était prise : le banya serait interdit aux moins de dix-huit ans.

Un jour, on sut que Sébastien était guéri pour de bon de sa jalousie maladive. Il déclara, l'air sérieux : « On est aujourd'hui cinq enfants du Pays de Nulle Part. Il faut en sauver deux autres afin que l'on puisse jouer ensemble aux sept nains. Blanche est notre petite fée. Quant à son prince charmant... » Il regardait Pierrot en pouffant de rire. En fait, Sébastien hébergeait en cachette dans le grenier, depuis quelques jours déjà, deux frères jumeaux de neuf ans. Définitivement généreux, l'envieux avait dépensé ses furtives économies pour acheter des paquets de gâteaux à ses deux amis.

Ne sachant comment les présenter à la petite compagnie, il saisit l'occasion d'un déjeuner du dimanche. Pour le dessert, les cinq enfants avaient préparé un spectacle. Alors, l'air de rien, deux nouvelles têtes apparurent, l'une à masque de girafe, l'autre à fourrure de paresseux. Pierrot, compréhensif, se leva sans un mot et rajouta deux lits dans les chambres. Le paresseux, tapi dans un coin de la pièce, ressemblait vraiment à l'animal. En effet, le garçonnet s'était endormi au milieu des bruits joyeux. Rien ne le réveillait. Blanche, inquiète, tira sur ses paupières pour le faire réagir. Il ouvrit la bouche. Pour se recaler confortablement et ne plus bouger. Lorsqu'il se ranima enfin, il mit une heure à monter les trente marches d'escalier qui l'emmenaient vers son lit, son futur meilleur ami.

Il s'effondra, épuisé par un tel effort. Pour ne réapparaître que le lendemain. Quant à la girafe, le spectacle n'en était pas moins surprenant. Le petit garçon comptait les rayures de son costume. De peur qu'on ne lui en ait volé une. Il ruminait tout seul en les recomptant de haut en bas. Puis de bas en haut. Vérifiait en prenant les diagonales. Puis contre-vérifiait, sait-on jamais. Il finit par s'asseoir sur ses affaires au milieu de la pièce. Les autres enfants se moquaient de lui en simulant des vols. Aussi se coucha-t-il de tout son long sur ses petits secrets, angoissé à l'idée qu'on lui dérobe même une tête d'épingle. Blanche le baptisa Tristan l'Avare avec un A majuscule, en lettres magistrales. Au matin, elle trouva le petit garçon qui comptait ses céréales pour ne pas les manger et les garder intactes. De l'autre côté, Maurice déployait des efforts surhumains pour porter sa petite cuillère à sa bouche. La famille était au complet. Blanche-Neige avec son tablier fleuri. Son prince charmant et sa barbe de deux jours.

Les petits tournaient en rond. Il fallait penser à les occuper. Chacun d'entre eux fut donc chargé d'une responsabilité précise pour l'entretien de la maison. Les plus grands devaient également prendre soin des plus jeunes. Pour l'apprentissage des chiffres, la vie quotidienne faisait l'affaire. Chaque matin, Blanche confiait à une menotte entreprenante un billet qui devait nourrir la maisonnée pour la journée.

Tous les soirs, Blanche et Pierrot organisaient des ateliers d'écriture et de lecture afin que les enfants grandissent dans leurs têtes grâce aux mots et aux rêves. Yvon, toujours le premier, inventait des histoires dont les bambins devaient imaginer la fin. Ils avaient même écrit un conte : *Les Aventures extraordinaires d'une pièce d'un euro*. Tous les soirs, l'un d'entre eux partageait avec les autres les mille vies de cette pièce de monnaie : un jour dans la main d'un enfant du Pays de Nulle Part, quelque temps après dans la caisse d'une boulangerie revendeuse de bonbons, puis dans le vide-poche d'une jolie maison d'un joli quartier... Elle pouvait prendre l'avion et changer de continent. Elle n'avait alors plus aucune utilité, ayant perdu toute valeur matérielle.

Elle pouvait aussi changer de vie. Comme une femme. Et devenir pièce d'une collection particulière. Si le monsieur était gentil, il la libérait pour la remercier de ses bons et loyaux services. Sinon, elle était échangée contre une nouvelle pièce toute neuve, n'ayant jamais servi. Une autre fois, elle était lancée sur une table avec quelques amies de route, en guise de pourboire. Soit dans un bar-tabac-loto, soit dans un palace, selon l'humeur de l'instant. C'était à la main d'une imagination enfantine. Parfois même, on décidait la fin du système de l'euro pour organiser l'enterrement de la pièce, entourée de ses amis billets pleurant et implorant. Elle terminait à la casse dans une grande décharge de métal. Mais une petite fille du Pays de Nulle Part arrivait en fusée pour la sauver au nom de la libération de la femme. Car la pièce était avant tout de sexe féminin.

Enfin, au moment du coucher, l'heure promise était attendue de tous. Blanche se transformait en vieille baba russe pour raconter de merveilleuses histoires pour petits et grands. Elle se déguisait alors en terrible Baba-Yaga, affreuse ogresse se déplaçant dans son mortier magique, en poussant sur son pilon. Pour mimer la sorcière avec plus de réalisme, elle saisissait son balai de ménagère accomplie et effaçait ses traces maléfiques. Pierrot prenait l'apparence de Kachtcheï, tout maigre et très méchant. Les enfants devaient percer le secret de son immortalité : un œuf dissimulé dans un drôle d'animal qui, comme les poupées gigognes, était lui-même enfermé dans un drôle de coffre. Blanche s'enflammait pour décrire sa sainte Russie. Ses vastes plaines. Ses forêts immenses. Elle leur expliquait l'autre côté de la vie. Les signes. Les sens. Le mystère. L'invisible auquel elle croyait tant. Dans ses habits de Baba-Yaga, elle sifflait son mortier magique pour partir à l'aventure. Yvon l'orgueilleux aimait se parer comme Vasilisa Premidraya, dite Vasilisa la Sage car elle était bien plus intelligente que tous les hommes de la Terre. Et ce petit jeu garantissait sa supériorité sur ses frères.

Un jour, Yvon eut l'idée de préparer une jolie surprise pour l'anniversaire de Blanche. Soixante-dix-sept ans étaient un passage important dans la vie d'une femme, et il souhaitait lui déclarer sa flamme de jeune garçon. Il décida alors, avec la complicité de ses six amis, de rêver un conte russe que Blanche n'avait jamais partagé avec eux. Yvon l'avait découvert au milieu des livres de la bibliothèque de la maison. En lettres d'or : *La Tsarevna et les Sept Frères*. Il le réécrivit, seul d'abord. En cachette. Le texte originel faisait référence à une très belle jeune fille, tsarine de son état. Sous la plume d'Yvon, elle se métamorphosait en vieille belle dame de soixante-dix-sept ans dont la traîne de son tablier fleuri éblouissait tous les hommes de la Terre. Son château était devenu une isba des villes. Une voisine, vilaine marâtre, regardait tous les matins dans le rétroviseur de son carrosse : « Rétroviseur, précieux rétroviseur, dis-moi qui est la plus belle ? » Le rétroviseur papillonnait des cils et répétait à tout-va : « La plus belle de toutes les femmes, c'est la vieille Tsarevna. À l'éclat de ses soixante-dix-sept ans, rien n'est pareil... »

C'est à ce moment de l'histoire qu'Yvon faisait intervenir un personnage mi-voyou, mi-ange, le prince Yélisseï. Il portait un blouson de rocker. Les cheveux gominés : c'était le fameux prince charmant. Son cheval blanc, la 2CV jaune citron, un peu détraquée. Dans l'histoire, il se trouvait au volant de son carrosse, à la recherche de sa vieille Tsarevna. Celle-ci errait d'immeuble en immeuble. Jusqu'à ce qu'elle tombe sur un nain au béret, répondant au doux nom d'Alain. Le farfadet faisait des ronds de fumée en tirant avec volupté sur sa pipe. La vieille Tsarevna rentrait dans sa maison où le feu crépitait dans un vieux poêle. Elle s'endormait de fatigue sur le canapé. Quand elle se réveillait, sept nains la contemplaient. Yvon l'orgueilleux, qui n'adressait pourtant jamais la parole en premier, lui disait : « Belle dame mûre comme un fruit prêt à être cueilli, bienvenue dans notre petite maison. » Alain le jouisseur prenait la suite : « Tu sais, je te prête toutes mes fioles de parfum et mes châles les plus doux afin que tu t'étendes pour juste savourer l'instant présent. » Joe le gourmand lui avait préparé un plateau de gâteries. Il avait poussé le raffinement jusqu'à ajouter d'étonnantes touches de couleurs sur chacun des mets proposés : « Tu verras, c'est joli et c'est bon. » Hector le coléreux, petit nain à présent apaisé, lui offrait sa cagoule tricotée par une main aimante. « On sait jamais. Si tu es en colère, ça peut servir. » La vieille Tsarevna était aux anges face à tant d'attentions. Sébastien, dans l'histoire et dans la vie, n'était plus envieux de personne. Il disait, souriant : « Moi, j'ai le meilleur rôle. Celui du nain toujours content de ce qu'il a et de ce qu'il est. » Enfin, deux nains jumeaux, Tristan et Maurice, s'approchaient du canapé. Maurice lui faisait le plus joli des cadeaux : « Je t'offre mon lit. Il est moelleux. C'est le paradis sur Terre. » Tristan lui avait apporté tous ses trésors pour les lui donner car il était guéri de son avarice.

Puis Yvon déclarait : « Je vais te l'avouer sans grands discours. Nous t'aimons tous, chère Tsarevna. Choisis parmi nous selon tes sentiments. Les autres ne se fâcheront pas. » La vieille femme leur répondait : « Je vous aime tous mais mon cœur est au prince Yélisseï. » C'est alors que Pierrot faisait une entrée fracassante pour l'embrasser pudiquement sur le front.

Quand ils lurent, un soir, l'histoire à Blanche, celle-ci fut comblée d'avoir huit amoureux pour ses soixante-dix-sept ans. Quel joli cadeau d'anniversaire…

Pour fêter cette douce soirée, Blanche revêtit son tablier de gala et passa une partie de la nuit dans la cuisine à amoureusement concocter, pour ses huit fiancés, des blinis à volonté. Sucrés ou salés, ils virevoltaient d'assiette en assiette. Elle pensait tout à coup, l'air grave, à l'avenir de ses enfants. Elle savait qu'il n'y avait aucune trace administrative de leur existence. L'illégalité planait sur leurs têtes. Mais ils étaient inondés d'amour. Seule chose importante à ses yeux pour bien grandir. Elle devait néanmoins leur apprendre un métier. Pour qu'à dix-huit ans ils puissent s'envoler tout là-haut.

En attendant, les appétits allaient bon train. Les petites mains piochaient avec allégresse dans les assiettes de fruits secs et de sucreries dont elles parsemaient les blinis chauds. Blanche les regardait les yeux grands ouverts : « Les enfants, Noël approche. Il faudrait y songer... » Ils décidèrent d'organiser pour tous les enfants du voisinage un vrai Noël traditionnel russe. Elle alla frapper aux portes afin de réclamer main-forte. Elle créa même un comité secret pour que les adultes préparent cette belle surprise. Les semaines précédant la fête, un appartement délabré du centre de la ville fit office de lieu de rassemblement. Les babouchkas, courbées sur leurs chaises, cousirent des kilomètres de tissu. Elles ressemblaient aux fées de la Belle au bois dormant s'affairant pour créer la plus jolie robe de princesse. Les costumes étaient ravissants et raffinés. Les grands-pères furent réquisitionnés afin de relire avec minutie l'histoire des festivités d'hiver en Russie.

Les jeunes mamans écrivirent sur de jolis livres les recettes traditionnelles de Noël pour les transmettre un jour à leurs petites-filles. Le grand maître de cérémonie, ayant gardé en mémoire son travail d'assistant pope, était Pierrot. Il trônait sur la troupe des nombreux papas qui échafaudaient le décor dans la salle des fêtes. Blanche voulait offrir du rêve aux petits et grands. Pour s'évader. Pour s'échapper. Pour croire à l'impossible. Pour croire aussi à l'invisible et lire les signes que la vie donnait.

Les fêtes d'hiver débutèrent le jour du solstice. Ce jour le plus court s'appelait « Karatchoun », ou « Atchoum » pour les plus petits des enfants. Les rites consacrés aux âmes des ancêtres commencèrent. Pour les honorer et les réchauffer, on fit des feux de paille. Deux chaudrons en fonte trônaient dans la salle des fêtes. Toutes les familles rentraient dans leurs maisons où flamboyaient quelques bougies odorantes. Les Sviatki allaient bientôt commencer. Un soir, Blanche réunit la bande des enfants, une bonne vingtaine, afin qu'ils chantent des Koliadki. Certains avaient mis des masques. D'autres portaient de fausses barbes. Ils s'étaient déguisés en vache, en chat, en renard ou en cochon. Hector, son préféré, était affublé d'un magnifique costume de chèvre qui symbolisait le dieu Koliada. Comme le caresser portait bonheur, Hector, fort sollicité, était au paradis. Puis le groupe de petits chanteurs quitta la salle des fêtes pour aller de maison en maison récolter des dons. Ils s'arrêtèrent devant les fenêtres.

Et chantèrent des Koliadki devenus incompréhensibles tellement ils riaient de bonheur. Ils furent récompensés par des friandises qu'ils dévorèrent avec vigueur. Parfois, tombant sur de mauvais coucheurs, ils détalaient en courant. Une grand-mère, victime d'hallucinations, crut même au retour à la vie de son chat mort quelques mois auparavant. Elle déroba le lutin déguisé pour s'apercevoir, une fois sa raison retrouvée, que le mistigri était en réalité un solide gaillard de huit ans. Elle le couvrit de bonnes choses à manger pour se faire pardonner. Tout heureux, le petit garçon rejoignit ses compères, sans se presser, les poches débordantes de pains d'épice et de saucisson. Le jour du Père Noël approchait.

Blanche réunit petits et grands dans cette salle des fêtes, redécorée pour l'occasion de tissu rouge et blanc. Le Père Noël russe se nommait Died Moroz. Il avait une fillette répondant au doux nom de Sniegourotchka. Les enfants reconnurent sans peine Blanche. Une vraie jeune fille de soixante-dix-sept ans. Une longue natte blonde descendait jusqu'à terre, par un mystère qu'ils ne s'expliquaient pas. Elle portait une jolie robe bleu ciel, ourlée de fourrure blanche. Une tiare brillante se dressait au sommet de sa tête. Pierrot était, quant à lui, le Père Noël. Les sept enfants les dévoraient des yeux, pétillants de fierté et de tendresse. Ils n'étaient plus des enfants du Pays de Nulle Part. Leur maman, c'était la Grande Catherine. Et leur Terre promise, la Russie.

Ce joyeux monde rentra affamé dans l'isba réchauffée. Blanche avait saupoudré de foin la table de Noël. Puis, elle avait tendu une jolie nappe blanche qu'elle avait brodée de fil rouge dans sa jeunesse.

Elle avait préparé, longuement, les jours précédents, avec les autres mamans, les douze plats qu'exigeait la tradition. La koutia était le seul mets imposé : elle avait fait cuire avec précaution le riz et l'huile afin que les grains ne collent pas, ajoutant à cette épaisse bouillie des raisins secs, des abricots coupés en morceaux, des noix broyées ainsi que du miel. Il y avait des pieds de bœuf en gelée, du porcelet farci, du saucisson, des piroguis. Un magnifique plat de poissons braisés ornait le centre de la table. Joe, émerveillé, comptait et recomptait les plats. Blanche leur déclara, dans le silence, avec son cœur : « Rien n'est trop beau ni trop bon pour vous, mes petits amours. » Chaque détail infime contribuait à rendre ces enfants heureux. Pierrot avait peint leur nom sur un petit morceau de bois qu'il avait posé avec délicatesse à la place qui leur était destinée. Pour le dessert, une farandole de pains d'épice prenait la succession de biscuits au miel et au pavot.

Pierrot, légèrement échauffé par la vodka, chanta des chants religieux russes, vestiges de son passé de fervent croyant. Blanche demanda alors à chaque enfant d'inscrire sur un papier le métier qu'il rêvait de faire quand il serait grand. Ils étaient tout songeurs, assis devant leur feuille. Jamais personne n'avait cru en eux au point de leur demander de rêver leur vie de demain. C'était soudain vertigineux et difficile d'imaginer cela. Joe fut le plus rapide : « Demain je veux être cuisinier dans le pays du chocolat. » Hector, timide, tendit son papier à Blanche : « Moi, je serai soigneur et caresseur des enfants bossus du monde entier. » Pierrot prit à son tour le papier d'Yvon : « Quand je serai grand, je serai président de la Grande Russie. » Alain n'osait pas donner son petit mot. Pierrot, curieux, le lui prit des mains et éclata de rire : « Moi, je voudrais être habilleur de jolies dames ou bien juste très riche, sans travailler, pour profiter. »

Le bonhomme, outré, exigea des excuses, refusant la douce moquerie de son grand ami. Tristan, déterminé, déclara, sans même l'écrire : « Plus tard, je serai un banquier important qui ne prête pas d'argent. » Maurice lui répondit : « Et moi, je serai le veilleur de nuit de ta banque pour pouvoir dormir le jour et faire semblant de ne pas dormir la nuit. » Enfin Sébastien, un peu triste, n'avait pas d'idée. Il était jaloux que les autres aient trouvé si vite une vocation. Il dit à Yvon : « Moi, je serai aussi président et comme je suis plus fort que toi, je prendrai ta place. »

Le lendemain matin, Blanche trouva Alain et Hector endormis de plaisir, le nez plongé dans la koutia.

Alors qu'elle rangeait la cuisine et nettoyait avec application, son regard encore un peu brumeux s'arrêta net sur une miniature en émail. Elle avait hérité de sa maman cette vue de Saint-Pétersbourg. Aussitôt surgit de sa mémoire l'histoire des émaux de Rostov, fierté de sa famille maternelle. Son grand-père, artisan émailleur, avait appris le métier de son père qui l'avait lui-même appris de son beau-père. Ces précieuses miniatures peintes à la main étaient entourées d'un halo de mystère. Ses secrets de fabrication tenaient chaque famille en autarcie. Elle se rappelait les bijoux de sa grand-mère magnifiés par l'émail blanc. Elle avait gardé enfoui le souvenir de sa mère lui avouant son admiration pour le savoir-faire de son grand-père, lui décrivant les couleurs lumineuses qui illustraient certaines scènes bibliques. Elle se cachait, petite fille, dans un coin de l'atelier, pour observer de longues heures les maîtres émailleurs qui finissaient leur travail avec fierté.

Blanche avait en sa possession quelques-uns de ces chefs-d'œuvre. Elle monta à sa chambre à coucher, saisit dans sa main une pièce qu'elle aimait particulièrement. C'était un cadeau de son père. Il l'avait nommée Neige Sereine. Ce paysage représentait un village endormi sous le ballet blanc. Le bleu chatoyant des toits ronds surmontés de la croix orthodoxe lui donnait le mal du pays. La finesse des troncs d'arbres et la délicatesse des flocons la transportaient dans sa Russie natale. Elle pensa soudain à son papa. Ce beau travail des temps anciens touchait son âme. Elle possédait aussi ce triptyque, Les Carillons de Rostov. Tout à coup, même si elle n'y avait jamais mis les pieds, elle se sentait appartenir à ce pays-là.

Elle redescendit l'escalier comme une jeune fille en fleur et alla de chambres en cuisine réveiller son petit monde. Elle prit un ton solennel : « Écoutez-moi. J'ai une belle idée afin de vous construire un avenir digne de vous. Nous allons créer, tous ensemble, le premier atelier français des émaux de Rostov. » Pierrot et les enfants la contemplèrent avec les yeux ronds de ceux qui, dubitatifs, essayent de croire aux miracles. De quoi parlait-elle ? Patiemment, Blanche leur expliqua l'histoire de sa famille et des fameux émaux.

Le soir même, elle entreprit d'écrire une longue lettre à son cousin éloigné, qu'elle n'avait jamais vu. Elle le connaissait de renommée. Il avait été un proche compagnon d'un descendant du grand maître émailleur Alexandre Nazarov et avait participé, dans les années soixante, à ce courant artistique visant le renouveau des émaux de Rostov. Il avait même monté une école d'émaillerie peinte de sorte que ce merveilleux savoir ne disparaisse jamais.

Cher Andreï,

Je me permets de t'écrire pour te demander ton soutien d'artiste. Je suis ta cousine éloignée, Blanche, petite-fille de Dimitri Kotchkine et fille de Katerina Serov.

Aujourd'hui, je veille sur sept enfants dont le plus petit a neuf ans et le plus grand quatorze. Ils ne sont pas vraiment à moi. De toute façon, ils n'appartiennent qu'à eux-mêmes. Je souhaite leur apprendre un métier afin qu'ils puissent transmettre et étendre nos traditions. Leurs sources sont multiples mais leur cœur est russe. Je sais que ma démarche est peut-être insensée. Mais mon âme obstinée me fait croire en cet impossible. Je pense même que mes petits pourraient être doués et volontaires à l'ouvrage. Néanmoins, si nous voulons réussir, nous avons besoin de ton aide. Il faudrait que tu partages avec moi tes secrets d'émailleur, que tu puisses m'envoyer les détails d'une création réussie. Je devine que c'est complexe et précis. Et je sais que seule, je n'y arriverai pas.

Je t'envoie une adresse e-mail que mes petits ont ouverte à mon intention : « blanche@granderussie.com ».

Dans l'attente impatiente de tes nouvelles
Je t'embrasse affectueusement
Ta vieille cousine Blanche.

Elle mit cette lettre à la poste en priant tous les saints. Les enfants commençaient à se prendre au jeu. Et à espérer. Ils lisaient des heures entières à la bibliothèque municipale tout ce qui pouvait exister sur les émaux. Plus les semaines passaient, plus ils maîtrisaient de multiples subtilités. Au bout de dix semaines, la sonnerie du 10, rue des Marronniers retentit. Sept boules de cheveux mal coiffés étaient en bas, prêtes à ouvrir. Blanche découvrit sur le pas de la porte un minuscule bonhomme, le sourire large à la vue des sept clowns. « Bonjour, je suis Andreï, ton cousin de Rostov. Comme je suis maintenant trop vieux pour enseigner là-bas, j'ai pensé, au vu de tes ambitions, que je serais mieux ici. » Un tonnerre d'applaudissements et de cris de joie l'accueillit jusqu'au salon.

Alors qu'Andreï et Blanche se racontaient la famille en russe, Pierrot et les petits s'impatientaient. Ils avaient aménagé depuis plusieurs jours, dans le plus grand des secrets, la cave. Elle ressemblait maintenant à un laboratoire de chimiste fou. À force d'avoir lu sur l'émail, Pierrot s'était transformé en apprenti sorcier.

La substance utilisée à l'origine était le verre. Parfois même le cristal. Au départ plutôt incolores, on teintait les émaux à l'aide d'oxydes métalliques. Ce travail atteignait un degré de raffinement inouï quant à la gamme des couleurs interprétées pour exprimer la terre de Russie, sa nature prodigieuse et ses saints. La force des émaux était leur résistance au temps. Contrairement à la peinture, leur éclat était inaltérable. Blanche avait même entendu, enfant, l'histoire de cette belle dame un peu folle qui s'était émaillé le visage afin de rendre sa beauté immortelle. Des fioles de toutes les couleurs étaient remplies de multiples poudres. Silice, feldspath, alumine et pierre à chaux composaient une partie infime des secrets de fabrication. Quand Andreï découvrit la pièce à alchimie, il fut tout à la fois stupéfait d'une si grande sophistication et furieux d'une telle inconscience. Il sermonna en russe Pierrot, qui commençait à avoir l'habitude des insultes dans la langue de Tchekhov. Et désigna Hector comme son second. Il mit Pierrot dehors en disant qu'il serait désormais le seul adulte utile détenant le secret. Ainsi, on aurait toujours besoin de lui.

Pierrot et Blanche se reposèrent enfin ensemble. Il savait qu'elle l'avait remis sur le chemin. Sa vie avait, à présent, un sens au sein de cette famille si particulière. Elle avait reçu de lui une jeunesse et une fougue jamais vécues. Il lui prit la main et embrassa tendrement chacune des petites taches caramel des années qui passent. Ils s'aimaient à leur manière sans que rien n'ait été dit. Ni fait. Et c'était bien plus joli comme cela. Alors qu'ils écoutaient le silence, une énorme détonation secoua l'isba de bois. Ils accoururent vers la cave. Hector en sortait, la peau noircie par leurs élucubrations : « On a réussi notre premier bijou. Tout est parfait. La cuisson. Le refroidissement. La vitrification. C'est une broche pour toi, Blanche. Une tête de mort. Yvon nous a dit que le gothique était à la mode. »

Blanche fièrement accrocha la tête de mort sur son tablier fleuri.

Andreï avait apporté avec lui ses grimoires de grand maître émailleur. Au fil des jours, la fabrication se perfectionnait. Chacun avait son rôle et ses attributions. Ils portaient tous une blouse blanche avec leur prénom brodé en lettres d'or par Blanche. Pierrot s'occupait du ravitaillement en produits et en nourriture terrestre. Même s'ils mangeaient à peine. Dévorés par la passion et la curiosité, les enfants, émerveillés, restaient enfermés des journées entières. Andreï leur expliqua tel un magicien comment, en ajoutant telle substance, la température de cuisson s'abaissait pour permettre d'obtenir une coloration particulière. Entorse à la tradition des émaux de Rostov qui se travaillaient, à l'origine, à froid. Andreï recouvrait une plaque de métal d'une couche d'émail blanc cuite. Le dessin était ensuite appliqué sur le fond blanc. Puis le savant, aidé d'Alain et de Maurice, chauffait les couleurs séparément afin qu'elles rentrent en fusion à la température la plus précise. C'était un travail minutieux. Il exigeait des enfants une forte concentration. Andreï était heureux de leur apprendre ce si beau métier, fier de leur qualité d'écoute et d'attention.

Il projetait même de rester longtemps parmi eux. À la table de peinture, chaque enfant, ayant choisi son thème et ses couleurs, s'attardait sur les pièces d'émail en se promettant de rendre les plus jolis possible tous ces mystères. Le soir, ils faisaient découvrir à Blanche leurs multiples trésors. Le visage rempli d'orgueil et de satisfaction, un peu plus chaque jour, ils prenaient confiance. Pierrot réfléchissait à présent à la commercialisation de leurs chefs-d'œuvre. Il n'y avait hélas pas mille et une solutions. Après des démarches à n'en plus finir, il décrocha l'autorisation d'installer une grande table à tréteaux devant la maison. Blanche anima l'ensemble de couleurs vives, se mit à vendre chaque pièce avec acharnement. Ce petit commerce de pacotille marchait de mieux en mieux. Néanmoins, Blanche savait avec lucidité qu'il ne permettrait pas de faire vivre une famille de dix personnes. Elle devait trouver l'idée géniale qui ferait passer leur petite entreprise du tréteau de quartier à la rue principale.

Un soir, alors que Blanche préparait avec soin des œufs à la coque, qu'elle ratait immanquablement, elle se dit soudain, à voix haute : « Pourquoi ne pas remettre au goût du jour l'œuf de Fabergé ? » Puis, un brin prétentieuse : « On les appellera les œufs de Blanche à la façon des émaux de Rostov. Après tout, on reste dans la tradition russe. » Et elle se précipita vers la cave pour partager son idée avec Andreï.

Celui-ci l'écouta avec attention, quelque peu incrédule. Les enfants demandèrent sagement si les œufs seraient en chocolat, tout contents de cette éventuelle reconversion mais un peu déçus d'avoir accumulé tant de savoir qui ne servirait plus. Andreï contempla attentivement les sept petits et dit à sa cousine : « En avant pour l'aventure. Après tout, je ne suis pas venu de si loin pour peu. Alors, allons-y pour les œufs de Blanche et d'Andreï ! » Ils rirent de bon cœur au même instant et s'embrassèrent tendrement. Puis ils expliquèrent aux enfants que le grand Carl Fabergé n'était pas chocolatier. Mais qu'il créait, au siècle passé, des œufs précieux que les tsars offraient pour Pâques aux êtres aimés. Pendant plusieurs semaines, Andreï étudia chacun des cinquante-quatre œufs de Fabergé connus à ce jour. Il observa longtemps les photographies afin d'en saisir le génie créatif. Il souhaitait comprendre pour justement ne pas copier et pouvoir inventer son propre style. Il savait, comme pour la danse, que plus on maîtrise ses classiques, plus on les dépasse pour inventer un ton nouveau. Il scrutait l'émail translucide incrusté d'argent, d'or et de pierres précieuses, s'imprégnait de ce travail de haute joaillerie. Une surprise était cachée à l'intérieur, souvent plus sophistiquée encore. Comment faire pour créer du merveilleux sans tous ces matériaux ? C'était bien là son souci. Il décida d'exercer son talent en reproduisant une copie de « l'œuf au laurier », n'utilisant que des pierres semi-précieuses qu'il avait fait venir de son atelier de Rostov. Trois cent vingt-cinq feuilles de jade brillant d'un vert étrange composaient ce chef-d'œuvre. De minuscules fruits en citrine et améthyste s'accrochaient au laurier, tandis qu'au sommet de l'arbre un couvercle se soulevait pour laisser s'échapper un oiseau aux plumes naturelles et au bec en os.

Enfermé dans sa cave, il travailla des jours entiers. Jusqu'à épuisement. Quand Blanche frappa à la porte pour lui demander si tout allait bien, Andreï fit son Fabergé et répondit comme l'artiste au tsar : « Votre Majesté sera satisfaite. » Blanche repartit sur la pointe des pieds, laissant son cousin achever son ouvrage, entouré d'enfants émerveillés et rêveurs.

Une fois son travail accompli, Andreï le regarda avec satisfaction. C'était magnifique.

Andreï monta les escaliers pour présenter son œuf à sa cousine et à Pierrot. Il avait réussi une parfaite copie du chef-d'œuvre, avec des matériaux certes moins nobles mais en utilisant la fameuse méthode de Rostov. Le résultat ne reniait pas ses cinquante ans de savoir-faire. Il bondissait de joie en montrant ce bel objet. Les enfants l'acclamèrent, tout heureux de pouvoir continuer l'aventure. À présent, il fallait un style propre. Inscrire dans ce classicisme parfait le ton d'Andreï et de Blanche. Pourquoi ne pas utiliser des matériaux inattendus ? Créer des teintes nouvelles ? Devaient-ils garder nécessairement la forme d'un œuf ? La seule certitude était qu'il fallait créer à moindre coût afin de rendre leur activité réaliste sur la durée. « Mais aussi garder la tradition », affirmait Blanche. Des jours et des jours durant, Andreï et les enfants créèrent et testèrent. Andreï dessinait une ligne s'inspirant des créations de Fabergé. Yvon, de son côté, travaillait le plastique pour en révéler une coque laquée ou parfaitement translucide. Il choisissait des gammes de couleurs claquantes et seventies. La traditionnelle surprise à l'intérieur de l'œuf était une petite sculpture de cristal qu'il avait appris à maîtriser avec Andreï. L'élève et le maître se faisaient concurrence. C'était amusant et stimulant. Certains enfants révélaient une vocation sincère. Ils étaient enfin habités par la passion. Par le souffle.

Convaincue du succès, Blanche décida de rêver en grand. Elle réfléchit de longues journées pour aboutir à une trouvaille. Le matin de Pâques, la coutume est d'offrir aux personnes aimées des œufs, symboles de résurrection. Selon la bonne fortune, ils sont en porcelaine, en bois, en argent ou en or. On les échange contre trois baisers. Cette jolie tradition est encore bien ancrée dans le cœur des Russes. L'idée de Blanche était de préparer cinquante œufs, magnifiquement travaillés par Andreï, pour les envoyer comme cadeaux de lancement aux grandes familles aristocratiques russes vivant à Paris. Pour relancer la tradition, pour leur donner envie chaque année de commander leurs œufs aux « ateliers de Blanche et d'Andreï ». La mode lancée, les non-Russes suivraient à leur tour. Et, pourquoi pas, les Russes de Russie...

Pour la famille Youssoupov, Andreï s'inspira du célèbre « Œuf à la pendulette » qu'il rebaptisa « Œuf surfant sur le Net ». La délicatesse et la subtilité du travail d'orfèvre étaient toujours présentes, mais les thèmes choisis marquaient le changement d'époque. Yvon eut une idée : la surprise cachée dans chaque œuf consisterait en un rêve à réaliser avec la personne de son choix. Les enfants cogitèrent de longues heures tous ensemble pour inventer ces folies sages. Par exemple : « Se promener une nuit entière sur les toits de Paris puis contempler le soleil, perché là-haut en mangeant des croissants chauds. » Ou bien encore : « Visiter un zoo la nuit et préparer le premier repas des animaux, qu'ils dévorent avec vous. » Une âme poétique avait simplement écrit : « S'asseoir sur un joli banc de l'île Saint-Louis avec son amoureuse et ne pas en bouger de toute la journée. » Ce petit homme-là avait déjà compris que le plus précieux des dons était le temps. Curieusement ou plutôt évidemment, dans ces rêves d'enfants, on trouvait l'essentiel...

Les cinquante œufs étaient prêts. Pierrot s'était déguisé en coursier de luxe. Il apporta avec un soin religieux les œufs les uns après les autres dans les plus jolies rues de Paris. Au départ, l'accueil fut réservé, même glacial. Ensuite, le bouche à oreille fonctionnant, ces familles, toutes cousines par leurs ancêtres, se téléphonèrent pour évoquer le mystérieux rockeur à la 2CV jaune citron offrant des œufs magnifiques créés par l'arrière-arrière-petit-neveu de Carl Fabergé.

Ce que Blanche avait prédit arriva. Les commandes affluèrent même de la Grande Russie. Et tous les nouveaux riches de Moscou se vantaient de leur dernier objet de décoration : le fameux œuf de l'arrière-arrière-petit-neveu de Carl Fabergé.

Il arriva encore que, grâce à cette folle aventure, un couple, fâché depuis des années, se réconciliât grâce au rêve surprise de l'œuf.

Malgré la fatigue de plus en plus présente dans son vieux corps, Blanche décida de préparer avec la plus parfaite attention la grande fête de Pâques pour honorer leur bon génie Andreï. « Maslenitsa » vient du mot russe « maslo » qui signifie le beurre, symbole d'une certaine chaleur. Aussi le blinis est-il devenu le symbole du soleil, rond et jaune, annonçant les premiers rayons. Elle dressa une table ravissante avec ses plus jolis couverts. En son centre, elle posa des jacinthes en pot et quelques narcisses blancs.

À chaque place trônait un petit œuf de poule qu'elle avait peint en cachette dans un style naïf et charmant. Plusieurs jours à l'avance, elle avait cuisiné le fameux kulich, gâteau parfumé au rhum et au safran délicieusement fourré de fruits confits, d'amandes et de raisins. Le glaçage sur les côtés fondait comme des coulées neigeuses.

Blanche l'avait décoré, comme l'exigeait la tradition, des lettres XB en fruits confits. « Christos Voskres », « Christ est ressuscité » en caractères cyrilliques. Andreï était content de se sentir chez lui. Il se voyait soudain rester de longues années en France. Sans nouvelles de ses enfants, d'autres l'avaient accueilli et avaient encore besoin de lui. Blanche, à ses fourneaux, entendait les rires de la joyeuse troupe. Les premiers blinis furent pour les clochards du quartier. Yvon porta dans la grand-rue, triomphal, une assiette où s'empilaient dangereusement les grosses crêpes encore brûlantes. La distribution démarra avec gaieté. Une queue ne tarda pas à se former.

Blanche

Les blinis de Blanche étaient si connus que quelques Russes avertis s'étaient clochardisés le temps de Pâques pour dévorer les succulentes crêpes. Blanche, saisissant la manœuvre, décida d'en faire distribuer à tout le voisinage par ses sept jolis nains. Elle aimait le plaisir partagé. Il la transportait au paradis slave.

Pierrot se rappelait les promesses qu'il avait faites à « E », sa libellule incandescente. Il regardait aussi les yeux de Blanche remplis d'espoir. Elle croyait en lui autant qu'en la Grande Russie. Mais il ne supportait pas ce goût doucereux d'un bonheur tranquille.

Il décida de ranger le grenier où s'entassaient les vieilles toiles de Vladimir Berchnicoff, afin d'installer une autre villa-dortoir pour d'autres enfants venus du Pays de Nulle Part. Pour cette cause-là, son énergie était celle d'un grand tsar. Quand ce fut fini, il chargea avec Yvon dans sa 2CV la cinquantaine de tableaux, et roula vers les Puces. Une fois arrivés devant le stand, Pierrot et Yvon entrèrent, bille en tête, dans l'arrière-boutique et demandèrent monsieur Louis. L'homme débarqua alors. La quarantaine élégante. Beaucoup d'assurance. Plutôt bel homme et baratineur. Alors qu'Yvon déballait fièrement ses trésors, son œil exercé passait en revue les toiles exposées. Sans grande valeur, elles avaient néanmoins un charme slave qui pouvait séduire. Soudain, un tableau sortit du lot. Il n'était manifestement pas de monsieur Berchnicoff. Le grand Louis chaussa ses lunettes pour mieux observer l'œuvre.

Tout à coup nerveux, il le saisit à pleines mains pour chercher la signature. Pierrot dit : « Mais qu'est-ce que tu as à t'agiter comme ça ? » Louis regarda, solennel, son compère. « C'est un très beau tableau ! Si cette toile n'est pas volée, tu es un homme riche. » Le brocanteur alla chercher un petit livre d'art pour lui expliquer sa découverte. Pierrot était émerveillé. Il pourrait changer sa 2CV pour une belle voiture. S'habiller comme un milord. Aller courir les filles les poches enfin pleines. Et même construire une maison sur les dunes face à la mer, à la mémoire de « E ». Yvon interrompit ses pensées en lui jetant au visage : « J'espère que tu es rempli de bonnes intentions car ce tableau est à Blanche. Je devine tes pensées et je ne les aime pas. » Pierrot, les yeux vitreux, était déjà ailleurs. Il sortit en trombe, démarra à toute vitesse pour se rendre chez Alfred, le revendeur des voleurs, laissant Yvon au milieu de l'arrière-boutique, les bras ballants.

« Viens, petit, rendons-nous là-bas avant lui ! » s'exclama monsieur Louis. « Oui, mais il faut que l'on passe chercher mes petits frères. C'est leur histoire autant que la mienne. »

« Vous êtes combien ? » « Sept au total », répondit le jeune garçon avec un large sourire. Louis réfléchit un instant, attrapa les clés de sa camionnette et serra dans sa main celle d'Yvon. Après être passés prendre la petite famille, sans que Blanche ne soupçonne rien, ils arrivèrent en force chez tonton Alfred. Ils se postèrent devant son magasin d'antiquités pompeusement installé dans une rue élégante de la capitale.

Sept enfants alignés devant la devanture attendaient sagement. Alfred jaillit de sa boutique en les bousculant, furieux. « Dites ! Vous ! Vous vous croyez sur les quais de Marseille ! » Alors qu'il s'apprêtait à pousser avec violence le petit Hector, Pierrot sortit à son tour et lui décocha un coup de poing en pleine figure : « Vous, pas touche à mon petit frère. Le sang russe coule dans nos veines et on peut faire venir quelques copains de Moscou. » Par ces quelques mots, la fratrie s'était redressée, plus forte que jamais. Ils laissèrent sur le trottoir tonton Alfred, embrassèrent monsieur Louis sur les deux joues et remontèrent à huit dans la 2CV : trois devant, trois derrière et deux dans le coffre, les plus petits de taille se cachant des forces de l'ordre afin de ne pas s'attirer de nouveaux ennuis. Yvon observait Pierrot, dans l'attente d'une explication. « Quoi, pourquoi tu me regardes comme ça ? T'as jamais connu la tentation du diable ? »

Yvon lui répondit sans le juger : « Pour les gens qui ont du cœur, c'est ton cœur qui compte. Quand tu t'es lancé au secours d'Hector, c'est le fond de toi qui a parlé. Qu'aurais-tu fait avec ce tas d'or ? Blanche nous a appris à tous que le don à l'autre est le plus absolu. Et moi, je sais qu'elle a raison. » « Tais-toi, andouille, lui répondit Pierrot. Avant même d'être arrivé devant ce foutu magasin, j'avais pris ma décision. On va vendre ce tableau. Et avec l'argent, on va ouvrir d'autres petites maisons pour tes frères du Pays de Nulle Part. D'ailleurs, on fera enfin des maisons avec des filles. Ça achèvera votre éducation. Et après tout j'ai mon rôle à jouer. »

Ils rentrèrent à la maison alors que la nuit tombait. Blanche les attendait, le sourire étrangement béat et lumineux. Elle, pourtant si active, n'avait rien préparé pour le dîner. C'était inhabituel. Andreï, lui, travaillait avec ardeur dans sa cave des mille et une nuits afin de créer de nouvelles surprises. Yvon prit la parole pour raconter leur aventure. Il ne lui épargna aucun détail sur les tentations de Pierrot. Celui-ci assumait, silencieux et un peu honteux, tapi dans un coin. La main de Blanche était tendue vers l'homme qu'elle aimait tendrement depuis maintenant deux ans. Pierrot lui réchauffa alors ses doigts fins et glacés. Il avait toujours été émerveillé par la finesse de ses traits. Il l'imaginait à vingt ans. Une vraie princesse slave. Il observait son visage fatigué et tendu. Il lisait, à présent, son envie d'en finir. Elle lui dit en chuchotant, alors que les sept nains s'étaient évaporés dans leurs draps cotonneux : « Te rends-tu compte ? Vladimir, mon défunt mari, est mort il y a un peu moins de deux ans.

» Je m'étais dit alors qu'il me restait un peu plus d'un an pour jouer. Pour, enfin, m'amuser d'une vie qui avait tant manqué de légèreté. Mais aussi d'amour. Tu sais, il faut que tu croies au miracle jusqu'au bout, jusqu'à ta dernière heure. Car les vingt mois que j'ai passés avec toi et avec eux ont illuminé mon existence. Le temps à vos côtés m'a ouvert à mon caractère profond. J'ai d'abord été la fille modelée par mes parents, puis l'épouse fondue de Vladimir Berchnicoff. Enfin, Blanche, un joli brin de femme sculptée à ma façon. J'ai découvert tard qui j'étais. Mais, crois-moi, le chemin en valait la peine. Ce bonheur de vingt mois justifie ma morne existence. Quant à toi, mon tendre Pierrot, n'attends plus. Tu sais depuis aujourd'hui qui tu es. Un cœur pur, comme celui de "E" qui te regarde du paradis. Elle doit être si fière. Termine ma modeste démarche. Occupe-toi des enfants. D'autres t'attendent déjà ailleurs. Fais-toi aider d'Yvon car il est fort. C'est lui qui pourra prendre la suite un jour. C'est le sens de la vraie vie. Le reste n'est qu'artifice. Sais-tu ce que le vieux pope m'a raconté ? À l'approche de la mort, car on connaît son heure, le seul regret des gens de ce monde est de ne pas avoir assez aimé. Rien d'autre que cela. Prends bien soin d'Hector car il est encore un peu cabossé. » Sur ces derniers mots, elle ferma les yeux. Pour s'endormir à jamais. Pierrot la veilla quelques heures en pensant à ses sages paroles. Puis monta les escaliers pour embrasser les enfants endormis. Il leur expliquerait demain qu'ils avaient perdu une maman et un grand frère. Mais qu'ils avaient trouvé un vrai papa.

Remerciements

Je souhaite remercier très particulièrement Sophie Renoul pour sa présence constante, ses conseils justes et sensibles, son affection du mot et de la fantaisie.

Merci à Olivier pour son accompagnement et sa patience dans un monde dont je ne cesse de découvrir les contours.

Mes remerciements aussi à Michel Lafon pour sa foi en ce projet.

Je tiens aussi à remercier du fond du cœur Steph, dont la féminité est si inspirante.

Enfin, ma douce maman pour ses encouragements de lectrice passionnée et aimante.

Table

Direction littéraire
Huguette Maure
et
Sophie Renoul

Composition PCA
44400 – Rezé

Impression réalisée sur Variquik par
Corlet Imprimeur
Condé-sur-Noireau
pour le compte des Éditions Michel Lafon

Imprimé en France
N° d'imprimeur : 108132
Dépôt légal : octobre 2007
ISBN : 978-2-7499-0753-6
LAF 912